KB039901

중학교 국어 교과서 수록 시 작품선

국어 교과서 여행

중2 시

스푼북 청소년 문학

국어 교과서 여행 중2 시

초판 1쇄 발행 2018년 11월 6일
초판 2쇄 발행 2020년 11월 2일

엮은이 한송이

ISBN 979-11-90267-15-1 (43810)

＊저작권법에 의하여 한국 내에서 보호를 받는 저작물이므로 무단 전재와 무단 복제를 금합니다.
＊이 도서의 국립중앙도서관 출판예정도서목록(CIP)은 서지정보유통지원시스템 홈페이지(http://seoji.nl.go.kr)와
　국가자료공동목록시스템(http://www.nl.go.kr/kolisnet)에서 이용하실 수 있습니다. (CIP제어번호: CIP2019039802)
＊책값은 뒤표지에 있습니다.
＊잘못 만들어진 책은 구입하신 곳에서 바꾸어 드립니다.

펴낸곳 주식회사 스푼북 | 펴낸이 박상희 | 출판신고 2016년 11월 15일 제2017-000267호
주소 (03993) 서울시 마포구 월드컵북로 6길 88-7 ky21빌딩 2층
전화 02-6357-0050(편집) 02-6357-0051(마케팅)
팩스 02-6357-0052 | 전자우편 book@spoonbook.co.kr

＊일러두기
　본문의 시는 출처에 있는 원작을 기준으로 합니다.

중2 시

국어
교과서
여행

한송이 엮음

스푼북

들어가는 말

감수성이 뭐라고 생각하나요? 감수성이라는 단어는 많이 들어 봤지만, 그 단어가 무슨 뜻인지 깊이 생각해 본 적은 별로 없는 것 같지 않나요?

제가 읽은 책 중에 '감수성의 질'을 이야기한 부분이 있답니다. 그 책에서 감수성의 질은 그 사람의 현재가 얼마나 두터우냐에 따라 다르다고 해요. 여기서 말하는 현재는 단순히 '과거−현재−미래'의 시간적 개념이 아닙니다. 정서를, 생각을, 상황을 공유하면 현재라고 할 수 있죠. 우리가 시를 읽는 이유도 여기에 있다고 생각합니다. '현재를 두텁게 만들기 위해서', 더 쉬운 말로 이야기하자면 '공감하기 위해서'라고 말할 수 있을 것 같아요.

많은 친구들이 시는 어렵다고 생각해요. 물론, 저도 여러분과 같은 중학생이었을 때는 시가 어려웠어요. 무슨 말인지 모르겠어서 책에 나온 시를 통째로 외워도 보고, 자습서의 내용을 달달 암기해 보기도 했어요. 그런데도 너무 어려웠어요. 그러다가 우연히 신경림 시인이 쓴 《시인을 찾아서》라는 책을 읽게 되었어요. 시인들이 시를 쓰는 과정, 시를 쓴 이유, 시인이 말하고 싶었던 경험이나 감정 등을 자세히 이야기해 주는 책이었죠. 그 책을 읽고 시가 재미있다는 생각을 했어요. 시인의 상황을 통해 시를 이해하니 외우지 않아도 마음에 남더라고요. 시는 그 자체만 놓고 읽는 것도 좋지만, 시를 둘러싼 여러 가지 상황을 같이 고려할 때 감상의 깊이가 깊어집니다.

이 책은 제가 시를 읽으면서 느끼고 이해한 내용을 담았어요. 시가 어렵다고 생각하는 여러분들에게 작은 도움이 되었으면 합니다. 욕심을 조금 부리자면 제가 《시인을 찾아서》를 읽고 시가 재미있어졌던 것처럼 여러분도 이 책을 통해 시가 재미있어졌으면 좋겠습니다. 거기서 욕심을 조금만 더 부리면, 여러분이 시를 통해 '공감하기'를 연습할 수 있었으면 좋겠어요. 시에는 정말 다양한 사람들의 감정이 담겨 있어요. 슬픔, 그리움, 기쁨, 설렘, 감사, 사랑, 외로움, 경이로움…… 시에 담긴 정서를 이해하고 공감하는 것은 감수성을 키우는 연습이기도 하답니다.

공감은 우리의 현재를 두텁게 해 줍니다. 두터운 현재를 가진 사람들이 많아질수록 우리가 사는 세상은 좀 더 따뜻해질 거라고 믿어요. 여러분들이 시를 통해 따뜻한 사람으로 자라나길 조심스럽게 바라 봅니다. 저도 조금 더 친절하고 따뜻한 어른이 되도록 노력하겠습니다.

2019년 한여름의 어느 날
한송이

차례

2장
생각과 시선을 달리하면

3장
관계가 변화되고

4장
세상이 다르게 보여요

1장
과거를 돌아보고

기억, 그리움, 추억 등을 노래하는
작품들로 이루어져 있어요.
과거가 있기에 현재도 있고, 미래도 있는 것이지요.
옛 기억들을 더듬어 잘못된 모습은 반성하고,
어여쁜 추억들은 그리워해 보도록 해요.

성탄제

김종길

어두운 방 안엔
바알간 숯불이 피고,

외로이 늙으신 할머니가
애처로이 잦아드는 어린 목숨을 지키고 계시었다.

이윽고 눈 속을
아버지가 약을 가지고 돌아오시었다.

아 아버지가 눈을 헤치고 따 오신
그 붉은 산수유 열매—

나는 한 마리 어린 짐생,
젊은 아버지의 서느런 옷자락에
열로 상기한 볼을 말없이 부비는 것이었다.

이따금 뒷문을 눈이 치고 있었다.
그날 밤이 어쩌면 성탄제의 밤이었을지도 모른다.

어느새 나도
그때의 아버지만큼 나이를 먹었다.

옛것이란 거의 찾아볼 길 없는
성탄제 가까운 도시에는
이제 반가운 그 옛날의 것이 내리는데,

서러운 서른 살 나의 이마에
불현듯 아버지의 서느런 옷자락을 느끼는 것은,

눈 속에 따 오신 산수유 붉은 알알이
아직도 내 혈액 속에 녹아 흐르는 까닭일까.

시 이해하기

성탄제는 성탄절, 즉 크리스마스입니다. 이 시에는 과거의 '나'와 현재의 '나'가 등장합니다. 과거의 어린 '나'는 눈이 많이 내리는 어느 겨울날, 열이 나고 아팠어요. 당시에는 병원이나 약국도 흔하지 않았죠. 눈 속을 헤치고 아버지는 붉은 산수유 열매를 구해 오셨어요. 시적 화자는 열이 나서 뜨겁던 얼굴을 밖에서 막 돌아온 아버지의 차가운 옷자락에 비볐던 감각을 기억하고 있습니다. 현재의 '나'는 그때의 아버지만큼 나이를 먹었네요. 지금 성탄절이 다가온 도시에 눈이 오고 있습니다. 그래서 눈이 많이 내렸던, 아마도 성탄절이었던 것 같은 그날 밤의 일이 불현듯 떠오릅니다. 그 눈 속을 헤치고 아버지가 따 오셨던 산수유가 아직도 내 핏속에 흐르고 있는 것 같다는 말은, 이제 아버지만큼 나이를 먹은 내가 그때의 아버지를 기억하고, 아버지에 대한 사랑을 생각하고 있다는 뜻이겠죠. 여러분도 혹시 '엄마 아빠의 사랑' 하면 떠오르는 무언가가 있나요?

두꺼비 파리를 물고

작자 미상

두꺼비 파리를 물고 두엄 위에 치달아 앉아

건넛산 바라보니 백송골이 떠 있거늘 가슴이 끔찍하여 풀떡 뛰어

내닫다가 두엄 아래에 자빠졌구나

모쳐라 날랜 나이니 망정이지 어혈 질 뻔했구나

핵심 키워드
#허세 #풍자 #사설시조 #시대 #사회

시 이해하기

두꺼비가 파리를 물고 거름더미 위에 앉아 있다가, 저 건넛산에 송골매가 날아오는 모습을 보고 깜짝 놀라서 아래로 뛰어내렸어요. 그런데 그 더러운 거름더미 아래로 자빠진 거죠. 그러면서도 "날쌘 나니까 이 정도지, 하마터면 멍들 뻔했네!"라며 허세를 부리고 있습니다.

사설시조는 조선 후기에 많이 지어진 고전 시가 갈래입니다. 현실을 풍자하는 내용이 많습니다. 역사 시간에 배웠겠지만, 조선 후기 사회는 매우 혼란하고, 백성들이 살기 힘들었어요. 탐관오리들은 자신의 이익을 위해 힘없는 백성들을 괴롭혔지요. 그러면서도 자신보다 더 힘이 있는 권력자나 중앙 관료들에게는 잘 보이기 위해 뇌물을 주고, 눈치를 봤지요. 파리, 두꺼비, 백송골을 각각 백성, 탐관오리, 권력자와 대응시켜 보면 시를 이해하기 쉬울 것 같습니다.

아래 시는 정약용이 쓴 한시 연작 〈탐진촌요〉 중 일부 내용입니다. 비슷한 주제 의식을 표현한 시라서 같이 읽어 보면 좋을 것 같아요.

棉布新治雪樣鮮　새로 짜낸 무명이 눈결같이 고왔는데
黃頭來博吏房錢　황두가 와서는 이방 줄 돈이라며 뺏어 가네.
漏田督稅如星火　누전 세금 독촉이 성화같이 급하구나.
三月中旬道發船　삼월 중순 세곡선(稅穀船)이 서울로 떠난다고.

16

단어

두엄: 짚 또는 가축의 배설물 따위를 썩힌 거름.

치닫다: 위쪽으로 달리다.

모쳐라: '마침'의 옛말.

어혈: 타박상 따위로 살 속에 피가 맺힘.

고향

백석

나는 북관(北關)에 혼자 앓어누워서

어느 아츰 의원을 뵈이었다

의원은 여래(如來) 같은 상을 하고 관공(關公)의 수염을 드리워서

먼 옛적 어느 나라 신선 같은데

새끼손톱 길게 돋은 손을 내어

묵묵하니 한참 맥을 짚더니

문득 물어 고향이 어데냐 한다

평안도 정주라는 곳이라 한즉

그러면 아무개 씨 고향이란다

그러면 아무개 씰 아느냐 한즉

의원은 빙긋이 웃음을 띠고

막역지간(莫逆之間)이라며 수염을 쓴다

나는 아버지로 섬기는 이라 한즉

의원은 또다시 넌즈시 웃고

말없이 팔을 잡어 맥을 보는데

손길은 따스하고 부드러워

고향도 아버지도 아버지의 친구도 다 있었다

18

시 이해하기

아플 때 혼자 있어 봤나요? 손가락 하나 까딱할 힘도 없고, 아무것도 할수 없어요. 열이 나서 목이 마른데, 물 한 잔 떠다 줄 사람이 곁에 없을 때 어떨 것 같나요? 정말 외롭고 서럽습니다.

이 시의 시적 화자는 타지에서 혼자 앓아누웠어요. 그러다 병원에 갔죠. 부처님같이 인자한 인상을 한 신선 같은 의원이 고향이 어디냐고 묻네요. 어디라고 했더니, 거긴 아무개 씨 고향이라고 말씁히 셨어요. 그런데 그 아무개 씨는 마침 내가 아는 사람이네요. 그냥 아는 사람도 아니고 아버지처럼 섬기는 분이었어요. 그랬더니 의원이 넌지시 웃고 맥을 짚어 주는데 그게 그렇게 따뜻할 수가 없는 거죠.

혼자라고 느끼고 있을 때, 혼자가 아니라고 말해 주는 것만큼 힘이 되는 일도 없을 거예요. 의원의 손길에 고향도, 아버지도, 아버지의 친구도 나와 함께 있는 것 같아서 한순간에 타향이 고향처럼 느껴지고 있습니다.

단어

북관: '함경도'의 다른 이름.

아츰: 아침.

여래: '부처'를 달리 이르는 말.

관공: 중국 촉나라 장수 '관우'를 높여 부르는 말.

막역지간: 서로 거스르지 않는 사이라는 뜻으로, 허물이 없는 친한 사이를 이른다.

고향

박용철

고향은 찾아 무얼 하리
일가 흩어지고 집 흐너진데
저녁 까마귀 가을 풀에 울고
마을 앞 시내도 옛 자리 바뀌었을라

어린 때 꿈을 엄마 무덤 위에
남겨 두고 떠도는 구름 따라
멈추는 듯 불려 온 지 여남은 해
고향은 이제 찾아 무얼 하리

하늘가에 새 기쁨을 그리어 보랴
남겨 둔 무엇일래 못 잊히우랴
모진 바람아 마음껏 불어쳐라
흩어진 꽃잎 쉬임 어디 찾는다냐

험한 발에 짓밟힌 고향 생각
─아득한 꿈엔 달려가는 길이언만─
서로의 굳은 뜻을 남께 앗긴

옛사랑의 생각 같은 쓰린 심사여라.

핵심 키워드
#고향 #그리움 #추억 #시대 #옛사랑

시 이해하기

박용철(1904~1938) 시인은 일제 강점기에 우리 민족의 설움을 노래한 시를 많이 지었습니다. 하지만 안타깝게도 조선의 광복을 보지 못한 채, 식민지 조선에서 살다 간 시인이죠.

시는 고향은 찾아 무얼 하냐는 한탄으로 시작됩니다. 시대적인 배경을 참고하면 시의 내용이 쉽게 이해될 것 같아요. 일가친척들도 뿔뿔이 흩어지고, 집도 무너지고, 꿈도 가질 수 없었던 시대 상황을 이야기하고 있습니다. 이 시의 고향은, 한때 사랑했으나 지금은 만날 수 없는 옛사랑 같은 곳이에요. '못 잊히는' 곳이지만 찾아갈 수 없는 곳이 되고 말았습니다.

단어

흐너지다: 포개져 있던 작은 물건들이 낱낱이 허물어지다.

산유화

김소월

산에는 꽃 피네

꽃이 피네

갈 봄 여름 없이

꽃이 피네

산에

산에

피는 꽃은

저만치 혼자서 피어 있네

산에서 우는 작은 새여

꽃이 좋아

산에서

사노라네

산에는 꽃 지네

꽃이 지네

갈 봄 여름 없이

꽃이 지네

핵심 키워드
#산 #꽃 #외로움 #존재

시 이해하기

산에는 꽃이 핍니다. 가을, 봄, 여름 없이 꽃이 피어요. 꽃은 '저만치' 혼자 피어 있고, '새들'이 아니라 '작은 새' 한 마리 혼자 산에 있는 모습이죠. 꽃도, 새도 모두 외로운 존재들입니다. 그렇게 산에는 다시 가을, 봄, 여름 없이 꽃이 집니다.

이 시는 모든 존재가 가지고 있는 근원적인 외로움을 다루고 있어요. 그리고 그 외로움은 사라지지 않아요. 꽃은 피었다 지기를 영원히 반복하기 때문이죠.

친구들이 시끄럽게 떠드는 교실에서도 문득 나 혼자라는 느낌이 들 때가 있지 않나요? 인간은 그렇게도 외로운 존재인가 봅니다.

단어

갈: 가을.

어떤 귀로

박재삼

새벽 서릿길을 밟으며
어머니는 장사를 나가셨다가
촉촉한 밤이슬에 젖으며
우리들 머리맡으로 돌아오셨다.

선반에 꿀단지가 채워져 있기는커녕
먼지만 부옇게 쌓여 있는데,
빚으로도 못 갚은 땟국물 같은 어린 것들이
방 안에 제멋대로 뒹굴어져 자는데,

보는 이 없는 것,
알아주는 이 없는 것,
이마 위에 이고 온 별빛을 풀어 놓는다.
소매에 묻히고 온
달빛을 털어놓는다.

시 이해하기

기형도 시인의 〈엄마 걱정〉과 많이 닮아 있는 시입니다. 박재삼(1933~1997) 시인의 또 다른 시 〈추억에서〉와도 많이 닮아 있어요.

어머니는 시장에 장사를 하러 가시는데, 새벽 서릿길을 밟으며 나갔다가 밤이슬에 젖으며 돌아오세요. 그래서 어린 것들은 엄마 얼굴을 보기 힘듭니다. 엄마의 손길이 닿지 않은 어린 것들은 꼬질꼬질 땟국물 같아요. 집 선반에도 먼지가 부옇게 쌓여 있지요. 하루 종일 고된 장사 일을 마치고 집에 돌아온 어머니는 잠든 어린 것들을 보며 별빛과 달빛을 풀어 놓습니다. 보는 이 없고, 알아주는 이 없는 어머니의 삶은 고달프고 헌신적이에요. 그런 어머니의 고단한 삶을 별과 달만이 조용히 바라봐 주고 있는 것 같습니다.

추억에서 67

박재삼

진주 장터 생어물전에는
바다 밑이 깔리는 해 다 진 어스름을,

울 엄매의 장사 끝에 남은 고기 몇 마리의
빛 발하는 눈깔들이 속절없이
은전만큼 손 안 닿는 한이던가
울 엄매야 울 엄매.

별밭은 또 그리 멀리
우리 오누이의 머리 맞댄 골방 안 되어
손 시리게 떨던가 손 시리게 떨던가.

진주 남강 맑다 해도
오명 가명
신새벽이나 밤빛에 보는 것을,
울 엄매의 마음은 어떠했을꼬.
달빛 받은 옹기전의 옹기들같이
말없이 글썽이고 반짝이던 것인가.

엄마 걱정

기형도

열무 삼십 단을 이고
시장에 간 우리 엄마
안 오시네, 해는 시든 지 오래
나는 찬밥처럼 방에 담겨
아무리 천천히 숙제를 해도
엄마 안 오시네, 배춧잎 같은 발소리 타박타박
안 들리네, 어둡고 무서워
금 간 창틈으로 고요히 빗소리
빈방에 혼자 엎드려 훌쩍거리던

아주 먼 옛날
지금도 내 눈시울을 뜨겁게 하는
그 시절, 내 유년의 윗목

핵심 키워드
#엄마 #추억 #유년

시 이해하기

기형도(1960~1989) 시인은 종로의 한 영화관에서 심야 영화를 보던 중 뇌졸중으로 세상을 떴습니다. 30세의 젊은 나이였죠. 시인이 살아 있을 때는 시집을 낸 적이 없었고, 그의 갑작스러운 죽음 이후에 유고 시집 《입 속의 검은 잎》이 출간되었습니다. 이 시 역시 그의 유일하고 유명한 시집에 실려 있어요.

1연은 어린아이가 시장에 간 엄마를 기다리는 상황이에요. '해는 시든 지오래'라고 말한 걸 보면, 엄마가 밤늦게까지 돌아오시지 않은 것 같지요. 아무리 천천히 숙제를 해도 엄마가 안 와요. 거기다 비까지 내리고 있네요. 어둡고 무서웠던 어린 시절의 한 장면입니다.

2연은 이제 성인이 된 화자가 그 어린 날을 다시 떠올리고 있는 상황입니다. '아주 먼 옛날'이라고 했으니 이미 오래전 일입니다. 그럼에도 불구하고 지금도 내 눈시울을 뜨겁게 만들죠.

시 제목이 〈엄마 걱정〉이에요. 어린 시절의 '나'는 엄마가 돌아오시지 않을까 봐 걱정했겠죠. 아마도 어른이 된 지금은 힘들게 살아온 어머니의 삶이 안타깝고 걱정스러운 것 같기도 합니다.

별 헤는 밤

윤동주

계절이 지나가는 하늘에는

가을로 가득 차 있습니다.

나는 아무 걱정도 없이

가을 속의 별들을 다 헤일 듯합니다.

가슴속에 하나 둘 새겨지는 별을

이제 다 못 헤는 것은

쉬이 아침이 오는 까닭이오,

내일 밤이 남은 까닭이오,

아직 나의 청춘이 다하지 않은 까닭입니다.

별 하나에 추억과

별 하나에 사랑과

별 하나에 쓸쓸함과

별 하나에 동경과

별 하나에 시와

별 하나에 어머니, 어머니.

어머님, 나는 별 하나에 아름다운 말 한마디씩 불러 봅니다. 소학교(小學校) 때 책상(册床)을 같이했던 아이들의 이름과, 패, 경, 옥 이런 이국 소녀(異國 少女)들의 이름과, 벌써 애기 어머니가 된 계집애들의 이름과, 가난한 이웃 사람들의 이름과, 비둘기, 강아지, 토끼, 노새, 노루, 프란시스 잠, 라이너 마리아 릴케, 이런 시인(詩人)의 이름을 불러 봅니다.

이네들은 너무나 멀리 있습니다.
별이 아슬히 멀 듯이,

어머님,
그리고 당신은 멀리 북간도(北間島)에 계십니다.

나는 무엇인지 그리워서
이 많은 별빛이 나린 언덕 위에
내 이름자를 써 보고,
흙으로 덮어 버리었습니다.

딴은 밤을 새워 우는 벌레는
부끄러운 이름을 슬퍼하는 까닭입니다.

그러나 겨울이 지나고 나의 별에도 봄이 오면

무덤 위에 파란 잔디가 피어나듯이

내 이름자 묻힌 언덕 위에도

자랑처럼 풀이 무성할 게외다.

핵심 키워드
#시대 #그리움 #외로움 #고민

시 이해하기

윤동주(1917~1945) 시인은 중국 연변 명동촌에서 태어났어요. 일본 유학 중 독립운동을 했다는 혐의로 후쿠오카 형무소에 투옥되었고, 만 27세의 나이에 옥중에서 세상을 떴습니다. 그의 절친한 친구이자 사촌인 송몽규 역시 독립운동에 가담하려다 체포되어 세상과 이별을 고했지요. 이러한 둘의 이야기는 이준익 감독이 〈동주〉라는 영화로 제작하여 2016년 개봉되기도 하였습니다. 시를 감상하는 데 있어서 작가의 생애나 시대적 배경이 언제나 꼭 필요한 것은 아니에요. 그러나 작품을 이해하는 데 도움이 되는 경우도 많이 있지요.

일본에 유학하던 청년 윤동주는 얼마나 외로웠을까요? 그래서 밤하늘의 별을 보면서 그리운 이들을 하나하나 꼽아 보고 있어요. 별이 아스라이 멀리 있듯, 내가 사랑하고 그리워하는 것들도 모두 나와 멀리 있는 것 같습니다. 언덕 위에 내 이름자를 썼다 흙으로 덮어 버렸는데, 그 이름이 부끄럽다고 했어요. 왜 그럴까요? '일제 강점기에 다른 곳도 아닌 일본으로 유학을 와서, 가족 친구들과 멀리 떨어져서 대체 나는 지금 무얼 하고 있는 건가?' 하는 고민을 하지 않았을까요? 일제 치하인 지금은 '겨울'이에요. 이 겨울이 끝나고 '봄'이 오면 내 이름자 묻힌 언덕 위에도 자랑스럽게 풀이 무성할 거라고 믿고 있고, 또 바라고 있습니다.

설야(雪夜)

김광균

어느 머언─곳의 그리운 소식이기에

이 한밤 소리없이 흩날리느뇨.

처마 끝에 호롱불 여위어 가며

서글픈 옛 자취 양 흰 눈이 내려

하이얀 입김 절로 가슴이 메어

마음 허공에 등불을 켜고

내 홀로 밤 깊어 뜰에 내리면

머언 곳에 여인의 옷 벗는 소리.

희미한 눈발

이는 어느 잃어진 추억의 조각이기에

싸늘한 추회(追悔) 이리 가쁘게 설레이느뇨.

한줄기 빛도 향기도 없이

호올로 차단한 의상(衣裳)을 하고

흰 눈은 나려 나려서 쌓여
내 슬픔 그 위에 고이 서리다.

시 이해하기

김광균(1914~1993) 시인은 '시는 하나의 회화이다'라는 시론을 전개하면서 시각적인 이미지가 주를 이루는 시를 썼습니다. 이 시 역시 그런 경향을 보이고 있는데요, 제목인 '설야'에 주목해야 합니다.

'설야'는 '눈 오는 밤'이죠. 눈 오는 밤의 모습을 묘사한 시예요. 소리 없이 흩날리는 눈발을 '어느 머언 곳의 그리운 소식'이라고 표현했어요. 또, 흰 눈은 '서글픈 옛 자취' 같기도 합니다. 희미한 눈발은 '이느 잃어진 추억의 조각'이기도 하고요. 빛도 향기도 없이 내려서 쌓이는 눈 위에 내 슬픔도 고이 서리고 있다고 하네요. 이유를 설명하지는 않았지만, 단어들만으로 무언가 그리운 듯한, 슬픈 듯한 분위기를 연출해 내는 시입니다.

시 창작 시간

조향미

오늘은 우리도 짧은 시 한 편 써 보자
그동안 배운 비유와 상징 이미지도
때깔 좋게 버무려 맛있는 시를 빚어 보렴
말 끝나기도 전에 으아—
인상 찌푸리며 비명 질러 대던 아이들은
시제 두어 개를 칠판에 써 놓으니
금방 연필 들고 공책 위에 납작 몸을 낮춘다
먹이 앞에 순해지는 강아지처럼
소풍날 보물찾기 나선 꼬마들처럼
녀석들이 이제 무얼 찾아 들고 나타날까
갓 피어난 별꽃 한 점일까
오래전에 잃어버린 무지갯빛 구슬일까
짐짓 가려 둔 흉터일까
이마 짚고 턱 괴며 골똘한 얼굴들
교실에는 아련한 눈빛으로 팔랑팔랑
시의 꽃가루를 찾는 나비도 몇 마리 있다
물론, 선뜻 씹히지 않는 생의 먹잇감에
끙끙대며 씨름하는 강아지들이 더 많다

만지작거리다 밀어 놓은 언어의 허물

책상 위에 지우개 가루만 소복이 쌓인다

그 속에 사금처럼 시가 반짝이고 있다

시 이해하기

국어 시간에 시를 썼던 경험이 있나요? 선생님께서 "여러분, 오늘은 시 쓰기 활동을 할 거예요."라고 말씀하시면 어떻게 반응했죠?
"으아!", "싫어요!", "너무 어려운데…….", "뭘 써야 할지 모르겠어요." 등등. 그렇게 비명을 지르는 것도 잠시, 언제 그랬냐는 듯이 종이에 코를 박거나, 손가락으로 펜을 돌리면서 고민하죠. 수업이 끝날 때쯤에는 이게 시인지 뭔지는 모르겠지만 어쨌든 무언가를 완성해 냈죠. 맞아요. 그런 우리 수업 풍경을 그대로 옮겨 놓았네요.

2장
생각과 시선을 달리하면

뻔한 생각, 판에 박힌 생각은 재미없어요.

시인들은 전혀 예상하지도 못했던 시선으로

사물을 보고 세상을 보기도 하지요.

우리도 시인들처럼 새로운 생각과 시선을 가져 봐요.

별

정진규

별들의 바탕은 어둠이 마땅하다
대낮에는 보이지 않는다
지금 대낮인 사람들은
별들이 보이지 않는다
지금 어둠인 사람들에게만
별들이 보인다
지금 어둠인 사람들만
별들을 낳을 수 있다

지금 대낮인 사람들은 어둡다

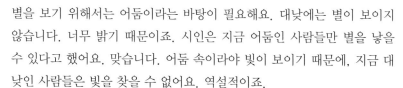

시 이해하기

별을 보기 위해서는 어둠이라는 바탕이 필요해요. 대낮에는 별이 보이지 않습니다. 너무 밝기 때문이죠. 시인은 지금 어둠인 사람들만 별을 낳을 수 있다고 했어요. 맞습니다. 어둠 속이라야 빛이 보이기 때문에, 지금 대낮인 사람들은 빛을 찾을 수 없어요. 역설적이죠.

혹시 지금 힘들고 어려운 상황에 처해 있나요? 그런 상황에서 오히려 별을 찾을 수 있으니 희망과 긍정을 버리지 마세요.

북어
배우식

    사람한테 잡혀가도 입을 크게 벌리고만 있으면 산다고 아버지한테 귀 닳도록 들었습니다 사람한테 잡혀가도 눈을 크게 부라리고만 있으면 사람들이 겁먹고 도망간다고, 눈을 똑바로 뜨고만 있으면 사람들이 무서워서 벌벌 떨며 도망간다고 아버지한테 귀 빠지게 들었습니다 잘 보이지는 않지만, 눈 하나 깜빡대지 않고 크게 뜨고 있는 내가 무섭지요 벌벌 떨리지요?

시 이해하기

여러분은 혹시 '호랑이 굴에 잡혀가도 정신만 똑바로 차리면 산다'는 말을 들어 본 적이 있나요? 옛날 어르신들이 자주 하시던 말씀인데요, 북어의 경우에도 사람들처럼 어른 북어들이 자주 하던 말이 있었나 봅니다.

'벌벌 떨리지요?'라는 북어의 물음에 '아니'라고 답할 친구들이 많을 것 같아요. 사람들을 위협하고, 사람들이 벌벌 떨며 도망가길 바라면서 눈 하나 깜빡하지 않고 입을 크게 벌리고 있는 북어. 허세를 부리는 북어의 모습은 어쩐지 우습기도 하고 애처롭기도 합니다.

단어

북어: 말린 명태.

새로운 길

윤동주

내를 건너서 숲으로
고개를 넘어서 마을로

어제도 가고 오늘도 갈
나의 길 새로운 길

민들레가 피고 까치가 날고
아가씨가 지나고 바람이 일고

나의 길은 언제나 새로운 길
오늘도…… 내일도……

내를 건너서 숲으로
고개를 넘어서 마을로

핵심 키워드
#길 #일상 #생각 #시선 #기대

시 이해하기

아침에 학교에 올 때 어떤 풍경들을 마주하고 있나요? 윤동주 시인은 내를 건너서 숲으로 가고, 고개를 넘어서 마을로 가는 풍경 속에서 자랐습니다. 시에서 묘사하고 있는 풍경도 특별할 것 없는 아주 평범한 모습이지요. 매일 마주하는 풍경을 보면서도 시인은 '지루하다, 지겹다'라고 말하지 않았네요. 어제도 오늘도 내일도 걸어갈 자신의 길을 오히려 '새로운 길'이라고 이야기합니다.

우리가 살아가는 하루하루는 매일 똑같아 보이지만, 사실 똑같은 하루는 없습니다. 시인은 바로 이 지점을 희망적으로 이야기하고 있어요. 아침마다 반복되는 하루를, 시인은 매일 새로운 길로 인식하고 있지요. 여러분도 내일 아침에는 또 어떤 하루가 기다리고 있을까 궁금해하는 사람으로 자랐으면 좋겠습니다.

사랑
안도현

여름이 뜨거워서 매미가
우는 것이 아니라 매미가 울어서
여름이 뜨거운 것이다

매미는 아는 것이다
사랑이란, 이렇게
한사코 너의 옆에 붙어서
뜨겁게 우는 것임을

울지 않으면 보이지 않기 때문에
매미는 우는 것이다

#매미 #여름 #감정 #생각

시 이해하기

안도현(1961~) 시인은 간장게장, 짜장면, 연탄 등 주변에서 쉽게 볼 수 있는 것들을 소재로 시를 쓰면서도, '어떻게 이런 생각을!' 하고 감탄하게 되는 내용의 시를 많이 쓰는 시인입니다. 이 시 역시 그렇습니다.

'여름이다. 매미가 우네.'처럼 별생각 없이 지나칠 수 있는 상황을 보고, 시인은 재미있는 생각을 합니다. 여름이 뜨거워서 매미가 우는 것이 아니라, 매미가 울기 때문에 여름이 뜨겁고 말이죠. 매미가 자기 자신을 드러내기 위해, 자기의 사랑을 보여 주기 위해서 뜨겁게 울고 있다고 했어요.

말하지 않으면 상대방은 여러분에 대해 아무것도 알 수 없어요. 좋아하는 친구가 있다면 내 마음을 친구에게 말해 볼까요? 감정을 솔직하게 표현하는 사람이 멋지답니다.

자동문 앞에서
유하

이제 어디를 가나 알리바바의 참깨

주문 없이도 저절로 열리는

자동문 세상이다

언제나 문 앞에 서기만 하면

어디선가 전자 감응 장치의 음흉한 혀끝이

날름날름 우리의 몸을 핥는다 순간

스르르 문이 열리고 스르르 우리들은 들어간다

스르르 열리고 스르르 들어가고

스르르 열리고 스르르 나오고

그때마다 우리의 손은 조금씩 퇴화되어 간다

하늘을 멀뚱멀뚱 쳐다만 봐야 하는

날개 없는 키위새

머지않아 우리들은 두 손을 잃고 말 것이다

정작, 두 손으로 힘겹게 열어야 하는

그,

어떤,

문 앞에서는,

키위키위 울고만 있을 것이다

핵심 키워드
#자동문 #물질문명 #생각 #시선

시 이해하기

대형 마트나 백화점, 빌딩이나 상점 출입구 등 저절로 열리고 닫히는 자동문은 우리 일상에서 쉽게 만날 수 있습니다. 자동문이 스르르 열리고 닫힐 때, 여러분의 손은 무엇을 하고 있나요? 휴대 전화를 들고 만지작거리거나 아무것도 하지 않거나 하지 않나요?

동물의 신체 기관은 사용하지 않으면 퇴화하게 됩니다. 뉴질랜드에 사는 키위새는 날개와 꼬리가 퇴화해서 날지 못하고 꽁지도 없는 새입니다. 이 시의 시적 화자는 사용하지 않는 우리 손이 점차 퇴화해서 정작 손으로 열어야 할 문 앞에서 우리는 키위키위 울고만 있을 거라고 말하고 있어요. 우리가 살고 있는 자동문 세상을 비판적인 시선으로 바라보고 있는 것이지요. 자동문은 자동화되고, 전자화된, 현대의 물질문명을 의미한다고 볼 수 있어요. 편리함에 속아 물질문명에 대한 비판 없이 생활하다 보면 수동적이고 무기력한 삶을 맞이하게 될 것이라는 경고입니다.

방을 얻다
나희덕

담양이나 창평 어디쯤 방을 얻어

다람쥐처럼 드나들고 싶어서

고즈넉한 마을만 보면 들어가 기웃거렸다.

지실마을 어느 집을 지나다

오래된 한옥 한 채와 새로 지은 별채 사이로

수더분한 꽃들이 피어 있는 마당을 보았다.

나도 모르게 열린 대문 안으로 들어섰는데

아저씨는 숫돌에 낫을 갈고 있었고

아주머니는 밭에서 막 돌아온 듯 머릿수건이 촉촉했다.

−저어, 방을 한 칸 얻었으면 하는데요.

일주일에 두어 번 와 있을 곳이 필요해서요.

내가 조심스럽게 한옥 쪽을 가리키자

아주머니는 빙그레 웃으며 이렇게 대답했다.

−글씨, 아그들도 다 서울로 나가 불고

우리는 별채서 지낸께로 안채가 비기는 해라우.

그라제마는 우리 집안의 내력이 짓든 데라서

맴으로는 지금도 쓰고 있단 말이요.

이 말을 듣는 순간 정갈한 마루와

54

마루 위에 앉아 계신 저녁 햇살이 눈에 들어왔다.

세놓으라는 말도 못 하고 돌아섰지만

그 부부는 알고 있을까.

빈방을 마음으로는 늘 쓰고 있다는 말 속에

내가 이미 세 들어 살기 시작했다는 걸.

핵심 키워드
#마음 #방 #세

시 이해하기

가족 중에 누가 오랜 시간 방을 비운 일이 있나요? 군대 간 형이나 대학 진학 뒤, 자취하기 위해 나간 언니의 방 같은 거요. 그 방 주인이 없어도 어머니, 아버지는 그 방을 그대로 놔두시죠. 방은 그 사람의 흔적이고, 우리 가족의 내력이니까요.

시적 화자가 세 들 방을 찾아다니다가 들어간 집이 있어요. 집주인 아주머니 께서는 방이 비어 있는 것은 맞지만, 마음으로는 늘 쓰고 있는 곳이라고 말씀 하십니다. 그래서 더 말을 붙여 보지 못하고 그냥 나왔어요. 그런데 아주머니 의 그 말이 너무 따뜻해서 마음으로 세 들어 살기 시작했대요. 주인 없는 방 을 쓸고 닦으면서 지키고 있는, 부부의 그 소박하고 따뜻한 마음이 더없이 아 름답기 때문이겠죠.

바람이 좋은 저녁
곽재구

내가 책을 읽는 동안
새들은 하늘을 날아다니고
바람은 내 어깨 위에
자그만 그물 침대 하나를 매답니다

마침
내 곁을 지나가는 시간들이라면
누구든지 그 침대에서
푹 쉬어 갈 수 있지요

그중에 어린 시간 하나는
나와 함께 책을 읽다가
성급한 마음에 나보다도 먼저
책장을 넘기기도 하지요

그럴 때 나는
잠시 허공을 바라보다
바람이 좋은 저녁이군,라고 말합니다

어떤 어린 시간 하나가
내 어깨 위에서
깔깔대고 웃다가 눈물 한 방울
툭 떨구는 줄도 모르고.

시 이해하기

황현산 문학 평론가가 이런 내용의 글을 쓴 적이 있어요.

'숲에 바람이 살랑살랑 분다'고 말할 때 '살랑살랑'은 바람의 세기와 성질을 어느 정도 전달하지만 그 바람을 개별화해 주지는 않는다. '살랑살랑'을 쓸 수 있는 바람은 많지만 글 쓴 사람이 표현하려고 하는 바람, 그 시간 그 숲에 불었던 바람은 유일한 바람이다. 똑같은 바람은 두 번 다시 불지는 않는다.

곽재구(1954~) 시인이 표현한 바람의 모습은 우리를 깜짝 놀라게 합니다. 이 시 속에서 바람은 정말 유일한 모습으로 그려지고 있지요. 바람은 어깨 위에 자그만 그물 침대를 하나 매답니다. 그 바람 위에 쉬어 가는 어린 시간들이 있어요. 나보다 먼저 책장을 넘기기도 하고, 깔깔대고 웃다가 눈물 한 방울을 툭 떨구기도 합니다.
평범한 일상, 사소한 것들도 그냥 지나치지 않는 시인의 눈으로 세상을 바라보는 연습을 해 볼까요?

박각시 오는 저녁

백석

당콩밥에 가지냉국의 저녁을 먹고 나서

바가지꽃 하이얀 지붕에 박각시 주락시 붕붕 날아오면

집은 안팎 문을 횅하니 열젖기고

인간들은 모두 뒷등성으로 올라 멍석자리를 하고 바람을 쐬이는데

풀밭에는 어느새 하이얀 대림질감들이 한불 널리고

돌우래며 팟중이 산 옆이 들썩하니 울어 댄다.

이리하여 한울에 별이 잔콩 마당 같고

강낭밭에 이슬이 비 오듯 하는 밤이 된다.

핵심 키워드
#시골 #묘사 #풍경 #여름날

시 이해하기

백석(1912~1996) 시인이 노래한 '마을', '가족', '시골'의 풍경은 평화롭고, 사람 냄새가 나는 아름다운 모습을 하고 있는 경우가 많습니다. 이 작품은 어느 시골의 여름날 저녁 풍경을 묘사하고 있어요.

이 시에는 '좋다', '그립다'와 같이 감정을 나타내는 시어는 쓰이지 않았어요. 그 대신, 한 폭의 그림 같은 정경을 묘사하고 있어요. 박각시와 주락시(줄각시) 나방이 날아오는 모습, 저녁 먹고 뒷산에 올라 돗자리를 펴고 더위를 피하는 모습, 뒷산에서 바라본 밤하늘 가득한 별들, 풀벌레 소리에 대해 이야기하고 있어요. 눈앞에 시골 풍경이 그려지나요?

단어

박각시: 박각싯과의 나방을 통틀어 이르는 말.

돌우래: '도루래'를 이르는 말로, 땅강아짓과의 곤충.

팟중이: '팥중이'의 북한어. 메뚜깃과의 곤충을 이르는 말.

민지의 꽃

정희성

강원도 평창군 미탄면 청옥산 기슭
덜렁 집 한 채 짓고 살러 들어간 제자를 찾아갔다
거기서 만들고 거기서 키웠다는
다섯 살배기 딸 민지
민지가 아침 일찍 눈 비비고 일어나
저보다 큰 물뿌리개를 나한테 들리고
질경이 나싱개 토끼풀 억새……
이런 풀들에게 물을 주며
잘 잤니, 인사를 하는 것이었다
그게 뭔데 거기다 물을 주니?
꽃이야, 하고 민지가 대답했다
그건 잡초야,라고 말하려던 내 입이 다물어졌다
내 말은 때가 묻어
천지와 귀신을 감동시키지 못하는데
꽃이야, 하는 그 애의 말 한마디가
풀잎의 풋풋한 잠을 흔들어 깨우는 것이었다

시 이해하기

저도 이 시 속의 민지와 동갑내기인 다섯 살짜리 딸이 있어요. 제 딸아이
는 아침에 유치원에 가려고 지하 주차장에 내려가면 "붕붕아, 잘 잤니? 보
고 싶었어. 나 유치원에 데려다줄래?" 하고 인사를 하곤 합니다. 때 묻은
어른들에게 그저 자동차, 잡초일 존재들을 다섯 살 아이들은 '붕붕이', '꽃'
이라고 불렀어요.

특별한 존재로 인식되는 '꽃'의 입장은 어떨까요? '잡초'가 아니라 '꽃'이라
불리는 대상. 잠자고 있던 풀잎이 '꽃이야'라고 불리는 순간 풋풋한 잠에
서 깨어납니다. 우리도 애정 어린 눈빛으로 서로를, 또는 다른 존재를 바
라볼 수 있기를 바라봅니다.

미니 시리즈

오은

느닷없이 접촉 사고
느닷없이 삼각관계
느닷없이 시기 질투
느닷없이 풍전등화
느닷없이 수호천사
느닷없이 재벌 2세
느닷없이 신데렐라
느닷없이 승승장구
느닷없이 이복형제
느닷없이 행방불명
느닷없이 폐암 진단
느닷없이 양심 고백
느닷없이 눈물바다
느닷없이 무사 귀환
느닷없이 갈등 해소
느닷없이 해피엔딩

16부작이 끝났습니다

꿈 깰 시간입니다

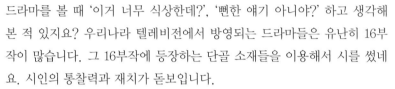

시 이해하기

드라마를 볼 때 '이거 너무 식상한데?', '뻔한 얘기 아니야?' 하고 생각해 본 적 있지요? 우리나라 텔레비전에서 방영되는 드라마들은 유난히 16부 작이 많습니다. 그 16부작에 등장하는 단골 소재들을 이용해서 시를 썼네 요. 시인의 통찰력과 재치가 돋보입니다.

풍자는 어떤 사실을 과장, 왜곡하거나 비꼬아서 웃음을 유발하는 것을 말 합니다. 이 시는 뻔한 이야기들만 등장하는 드라마를 풍자하고 있지요. 드 라마뿐 아니라, 그런 드라마를 무비판적으로 즐기는 시청자들 또한 풍자 대상입니다. 그래서 '꿈 깰 시간'이라고 이야기한 거죠. 여러분, 드라마는 드라마일 뿐! 현실과 드라마는 비슷하게 닮아 있지만 그것이 진짜는 아니 라는 것을 명심해야 해요.

아름다운 사람

나태주

아름다운 사람

눈을 둘 곳이 없다

바라볼 수도 없고

그렇다고 아니 바라볼 수도 없고

그저 눈이

부시기만 한 사람.

핵심 키워드
#사람 #시선

시 이해하기

'자세히 보아야 예쁘다'로 시작하는 유명한 시 〈풀꽃〉을 지은 나태주 시인의 작품입니다. 세상을, 그리고 사람을 바라보는 눈이 참 아름다운 작가인 것 같아요.

여러분은 이 시를 읽고 떠오르는 누군가가 있나요? 너무 눈이 부셔서 바라보기 힘든데, 또 너무 아름다워서 바라보게 되는 사람 말이죠. 그런 누군가를 떠올리며 이 시를 읽었으면 좋겠습니다.

마음의 고향 4 ―가지 않은 길

이시영

내 생에 그런 기쁜 길이 남아 있을까

중학 1학년,

새벽밥 일찍 먹고 한 손엔 책가방,

한 손엔 영어 단어장 들고

가름젱이 콩밭 사잇길로 사잇길로 시오 리를 가로질러

읍내 중학교 운동장에 도착하면

막 떠오르기 시작한 아침 해에

함뿍 젖은 아랫도리가 모락모락 흰 김을 뿜으며 반짝이던,

간혹 거기까지 잘못 따라온 콩밭 이슬 머금은

작은 청개구리가 영롱한 눈동자를 이러저리 굴리며 팔짝 뛰어 달아나던,

내 생에 그런 기쁜 길을 다시 한번 걸을 수 있을까

핵심 키워드
#중학교 #추억 #기억

시 이해하기

여러분은 학교 다니는 길을 어떻게 생각하나요? 이 시의 맨 첫 행과 마지막 행을 보면, 중학교 1학년 때 등교하던 길을 '내 생에 그런 기쁜 길'이라고 했어요. 그러면서 '다시 한번 걸을 수 있을까?'라고 말하는 걸 보면 아마 지금은 중학교를 졸업한 성인이 된 것 같아요. 다시 돌아갈 수 없을 것 같은 그 길은, 이제 '마음의 고향'으로 남아 있는 거겠지요.

단어

가름젱이: 이시영 시인의 고향인 전남 구례군 마산면 광평리에 있는 들.
시오 리: 15리, 약 6킬로미터 정도이다.

비린내라뇨!

함민복

우리들한테
비린내 난다고 하지 마세요

코 막지 마세요

우리도 피부를 보호하기 위해
미끄러운 피부, 거친 피부
다 특성에 따라
정성 들여 화장한 거예요

이렇게
향기가 다양한 걸
무조건 다 비린내라뇨!

이건, 정말
언어폭력이에요

– 물고기 일동

시 이해하기

함민복(1962~) 시인은 우연히 놀러 갔던 마니산이 마음에 들어서 강화도에 정착해서 살고 있는 시인입니다. 서해의 한 섬인 강화도에 살고 있다 보니 아무래도 물고기들과 접할 기회가 많았던 것 같습니다. 이 시는 《바닷물 에고, 짜다》라는 동시집에 실려 있어요.

우리가 물고기들한테 "어유, 비린내!" 하고 코를 막으면 물고기들이 많이 속상한가 봐요. 자기들 나름대로는 정성 들여 화장을 한 것이고, 향기가 나는 것뿐인데 비린내라뇨! 물고기 입장에서는 정말 언어폭력이겠어요. 다른 사물의 입장에서 인간 세계를 바라보는 것도 재미있을 것 같습니다.

낙화

이형기

가야 할 때가 언제인가를
분명히 알고 가는 이의
뒷모습은 얼마나 아름다운가.

봄 한철
격정을 인내한
나의 사랑은 지고 있다.

분분한 낙화……
결별이 이룩하는 축복에 싸여
지금은 가야 할 때,

무성한 녹음과 그리고
머지않아 열매 맺는
가을을 향하여

나의 청춘은 꽃답게 죽는다.

헤어지자.
섬세한 손길을 흔들며
하롱하롱 꽃잎이 지는 어느 날

나의 사랑, 나의 결별,
샘터에 물 고이듯 성숙하는
내 영혼의 슬픈 눈.

핵심 키워드
#낙화 #꽃 #사랑 #이별 #시선 #역설

시 이해하기 ▌

꽃이 지면 그다음은 어떻게 되죠? 맞습니다. 열매를 맺죠. 그렇기 때문에 꽃은 져야 해요. 질 수밖에 없는 겁니다. 그래서 꽃이 떨어지는 것(낙화洛花)을 보고 가야 할 때가 언제인가를 분명히 알고 간다고 했어요. 그래서 그 뒷모습이 아름답다고 했습니다.

'결별이 이룩하는 축복'은 역설적 표현이에요. 헤어지는 상황을 '축복'이라고 했으니까요. 하지만 꽃이 떨어진 다음 시작될 푸르른 녹음과 열매를 생각하면 축복이라고 할 수 있죠.

'꽃이 진다 → 열매 맺는다'의 관계를 우리 인간관계에 빗대어 보면 어떨까요? '이별 → 깨달음, 새로운 시작'으로 정리할 수 있을 것 같아요. 사랑과 이별의 과정을 꽃이 피었다 지는 것으로 표현한 거죠. 이제 이별의 상황에서도 마냥 슬퍼하고만 있지 않을 수 있겠죠?

단어 ▌

격정: 강렬하고 갑작스러워 누르기 어려운 감정.
분분: 여럿이 한데 뒤섞여 어수선하다.

딸기

이재무

오십 리 길 짐차에 실려 왔어유

멀미도 가시기 전에

낯선 거리 싸댕기면서

지 몸 살 사람 찾고 있지유

목마름은 이냥저냥 견딜 수 있슈

헌디, 볼기짝 쥐어뜯으며

살결이 거칠다느니

단맛이 무르다느니 허진 말어유

지 몸이 그냥 지 몸인가유

이만한 몸띵이 하나 살리기 위해서두

하느님 손 농부 손 고루 탔어유

그러니께 지폐 한 장으루다

우리 식구 사돈에 팔촌까지 두루 사가는 선상님들

몸값이나 후하게 쳐주셔야겠슈

시 이해하기

딸기가 이야기하고 있네요. 딸기가 짐차에 실려서 먼 길을 왔나 봐요. 딸기 열매가 열리기까지 하느님 손, 농부 손이 고루 필요했을 거예요. 그래서 딸기 가족과 친척들이, 자기네들을 사 가는 사람들한테 몸값이나 후하게 쳐줄 것을 요구하고 있네요. 이 시를 읽은 뒤에는 과일 가게에 있는 딸기를 보면 함부로 대할 수 없을 것 같지 않나요?

다음 시에서는 수박이 말하고 있어요. 함께 읽어 보면 재미있을 것 같아요.

수박끼리

이응인

수박이 왔어요 달고 맛있는 수박
김 씨 아저씨 1톤 트럭 짐칸에 실린 수박
저들끼리 하는 말

형님아, 밑에 있으이 무겁제, 미안하다. 괘안타, 그나저나 제값에 팔려야 될 낀데. 내사 똥값에 팔리는 거 싫타. 내 벌건 속 알아 주는 사람 있을 끼다 그자. 그래도 형님아, 헤어지마 보고 싶을 끼다. 간지럽다 코 좀 그만 문대라. 그래, 우리는 사람들 속에 들어가서 다시 태어나는 기라.

코뿔소

최승호

그렇소

나는 코뿔소

코에 뿔이 났소

창 같지 않소

멋지지 않소

그렇소

나는 코뿔소

내 가죽은 갑옷처럼 튼튼하오

무장한 무사 같지 않소

무섭지 않소

얼른 길을 비키시오

시 이해하기

어릴 때 불렀던 동요, '리리 리 자로 끝나는 말은 괴나리 보따리 댑싸리 소쿠리 유리 항아리' 하는 동요가 떠오르네요. 이 시도, 동요도, 단어의 가장 마지막 글자를 반복하여 운율감을 형성하고 있습니다.

실제로 이 시는 노래 가사이기도 합니다. 최승호 시인이 쓴 말놀이 동시에 방시혁 작곡가가 곡을 얹어 《최승호·방시혁의 말놀이 동요집》을 냈어요. 바로 여기에 들어 있는 노래랍니다. 그냥 읽어도 재미있는 이 시는 그 리듬이 매우 흥겨워서 자꾸 따라 부르게 된답니다.

새싹 하나가 나기까지는

경종호

비가 오면 생기던 웅덩이에 씨앗 하나가 떨어졌지.

바람은 나뭇잎을 데려와 슬그머니 덮어 주고
겨울 내내 나뭇잎
온몸이 꽁꽁 얼 만큼 추웠지만
가만히 있어 주었지.

봄이 되고
벽돌담을 돌던 햇살이 스윽 손을 내밀었어.
그때, 땅강아지는 엉덩이를 들어
뿌리가 지나갈 길을 열어 주었지.
비가 오지 않은 날엔 지렁이도
물 한 모금 우물우물 나눠 주었지.

물론 오늘 아침 학교 가는 길
연두색 점 하나를 피해
네가 '팔딱' 뛰었던 것이
가장 중요한 일이긴 하지만 말이야.

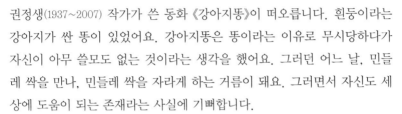

핵심 키워드

#시선 #새싹 #의미 #존재

시 이해하기

권정생(1937~2007) 작가가 쓴 동화 《강아지똥》이 떠오릅니다. 흰둥이라는 강아지가 싼 똥이 있었어요. 강아지똥은 똥이라는 이유로 무시당하다가 자신이 아무 쓸모도 없는 것이라는 생각을 했어요. 그러던 어느 날, 민들레 싹을 만나, 민들레 싹을 자라게 하는 거름이 돼요. 그러면서 자신도 세상에 도움이 되는 존재라는 사실에 기뻐합니다.

민들레에게 강아지똥이 필요했던 것처럼, 싹이 하나 나는 일에도 바람, 나뭇잎, 햇살, 땅강아지, 지렁이의 도움이 필요합니다. 그리고 가장 중요한 일은 이제 막 땅으로 올라온 연두색 점을 밟지 않기 위해 '팔딱' 뛰는 거죠. 의미 없는 존재는 없어요. 우리는 서로가 서로에게 소중한 존재들입니다. 오늘 집에 가는 길에는 한번 팔딱 뛰어 보기로 해요.

물, 수, 제, 비
정완영

우리 마을, 고향 마을, 시냇가 자갈밭에
별보다 고운 자갈이 지천으로 깔렸는데
던지면 도마뱀처럼 물길 찰찰 건너갔었지.

공부도 하기 싫고 노는 것도 시시한 날
나는 냇가로 나가 물수제비 떠먹었지
자갈이 수, 제, 비 되어 퐁당퐁당 나를 달랬지.

시 이해하기

정완영(1919~2016) 시인은 1천 편 이상의 현대 시조를 남겼습니다. '시조'라고 하면 조선 시대에 생산이 끝난 문학이라고 생각하는 학생들도 많을 거예요. 하지만 시조는 지금 현재도 창작되고 있습니다.

뒤에서 배울 이택의 시조 〈감장새 작다 하고〉와 비교해 보면, 그 형식이 같다는 것을 알 수 있어요. 현대 시조는 고전 시가 갈래인 평시조의 형식에 현대적 내용을 담고 있습니다.

물수제비는 둥글고 얄팍한 돌을 물 위로 튀기게 던졌을 때, 그 튀기는 자리마다 생기는 물결 모양을 말하지요. 자갈돌이 물 위를 도마뱀처럼 찰찰찰 튀어 가는 모습이 떠오릅니다. 공부도 하기 싫고, 노는 것도 시시한 날 나를 달래 준 건 자갈돌, 물수제비라고 하네요. 여러분은 그런 날 무얼 하며 보내나요?

3장

관계가 변화되고

생각과 보는 눈을 다르게 하고 소통을 한다면,
우리의 관계가 달라질 것은 불을 보듯 뻔한 일이지요.
대화, 소통, 만남, 인연 등에 관한 작품들로 이루어졌어요.
시인들의 노랫소리에 귀를 기울여 볼까요?

감장새 작다 하고
이택

감장새 작다 하고 대붕(大鵬)아 웃지 마라

구만리 장천(九萬里長天)을 너도 날고 저도 난다

두어라 일반 비조(一般飛鳥)니 너나 그나 다르랴.

시 이해하기

'감장새'가 작다고 '대붕'이 비웃고 있지만 둘 다 '새'라는 점은 같다고 말하고 있습니다. '구만리 장천'은 아주 먼 길을 말하는데요. 그 먼 길을 너(대붕)도 날고, 저(감장새)도 날아간다는 겁니다.

거북이가 느리다고 비웃다가 결국 경주에서 지고 만 토끼 이야기가 떠오르지 않으세요? 거북이가 느리지만 천천히 걸어가서 경주에서 이긴 것처럼, 작은 '감장새'도 구만리 장천을 느리지만 끝까지 날아갑니다. 그리고 마침내 도착하지요.

이 시에서는 겸손하지 못한 태도로 다른 사람들을 무시하는 사람들을 풍자하고 있네요. 작은 '감장새'도, 큰 '대붕'도 결국은 모두 같은 새랍니다.

단어

감장새: 몸집이 작고 거무튀튀한 새. 굴뚝새나 먹새를 말한다.

대붕: 붕새. 매우 크고 단숨에 구만리를 난다는 상상의 새.

구만리 장천: 넓고 높은 하늘.

두어라: 옛 시가에서, 어떤 일이 필요하지 않거나 스스로 마음을 달랠 때 영탄조로 하는 말.

일반 비조: 다 같은 날짐승. 하늘을 나는 새이기는 모두 마찬가지라는 뜻이다.

나룻배와 행인
한용운

나는 나룻배
당신은 행인

당신은 흙발로 나를 짓밟습니다
나는 당신을 안고 물을 건너갑니다
나는 당신을 안으면 깊으나 옅으나 급한 여울이나 건너갑니다

만일 당신이 오시면 나는 바람을 쐬고 눈비를 맞으며 밤에서 낮까지 당신을 기다리고 있습니다
당신은 물만 건너면 나를 돌아보지도 않고 가십니다그려
그러나 당신이 언제든지 오실 줄만은 알아요
나는 당신을 기다리면서 날마다 날마다 낡아 갑니다

나는 나룻배
당신은 행인

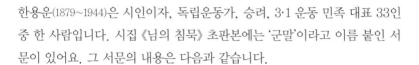

핵심 키워드
#믿음 #기다림

시 이해하기

한용운(1879~1944)은 시인이자, 독립운동가, 승려, 3·1 운동 민족 대표 33인 중 한 사람입니다. 시집 《님의 침묵》 초판본에는 '군말'이라고 이름 붙인 서문이 있어요. 그 서문의 내용은 다음과 같습니다.

> "'님'만 님이 아니라 기룬 것은 다 님이다. 중생(衆生)이 석가(釋迦)의 님이라면, 철학(哲學)은 칸트의 님이다. 장미화(薔薇花)의 님이 봄비라면 마시니의 님은 이태리(伊太利)다. 님은 내가 사랑할 뿐 아니라 나를 사랑하니라.(하략)"

이 군말의 내용으로 미루어 볼 때, 한용운의 시에서 '님', 즉 '기룬 것'은 그리움의 대상, 존경의 대상, 애정의 대상, 동경의 대상 등을 말한다고 볼 수 있죠.
이 시의 '당신' 역시 '기룬 것'일 텐데, 내가 사랑하는 당신은 나에게 무심하기 짝이 없습니다. '나룻배'인 '나'는 '행인'인 '당신'을 안고 물을 건너지만, 당신은 물을 건너기만 하면 나를 돌아보지도 않고 가 버리죠. 그래도 나는 언제까지나 당신을 기다리겠다고 말합니다. 당신을 향한 절대적인 믿음과 숭고한 기다림의 자세를 보여 주고 있습니다.

단어

여울: 강에서 바닥이 얕거나 폭이 좁아 물살이 세게 흐르는 곳.

먼 후일

김소월

먼 훗날 당신이 찾으시면
그때에 내 말이 '잊었노라'

당신이 속으로 나무라면
'무척 그리다가 잊었노라'

그래도 당신이 나무라면
'믿기지 않아서 잊었노라'

오늘도 어제도 아니 잊고
먼 훗날 그때에 '잊었노라'

핵심 키워드

#관계 #사랑 #반어법 #반복 #운율

시 이해하기

김소월(1902~1934)은 우리 고유의 정서로 이별의 정한을 노래한 시인입니다. 이 시에서도 임에 대한 사랑을 이야기하고 있습니다. 또한, 반어적 표현과 반복적 운율감을 확인할 수 있는 시이기도 합니다.

엉망으로 어질러진 내 방을 보고 어머니께서 말씀하십니다. "방이 정말 아름답구나!" 이때 '아름답다'는 말은 정말로 아름다워서 하는 말이 아니죠. 이게 바로 반어입니다 실제 나타내고자 하는 사실과 반대로 표현하는 것이죠.

이 시에서 나는 '잊었노라'라고 반복해서 말하고 있지요. 그런데 오늘도 어제도 아니 잊고 먼 훗날 그때에 '잊었노라'라고 말하는 건, 사실 어제도 오늘도 잊지 못하고 있다는 뜻이겠지요. 잊을 수 없는 당신에 대한 사랑을 오히려 잊었다고 반어적으로 말하고 있는 겁니다.

운율감을 형성하는 가장 기본적인 요소는 바로 반복입니다. 각 연의 마지막 자리에 '잊었노라'라는 말을 반복하고 있죠. 또한, '먼 훗날 / 당신이 / 찾으시면 // 그때에 / 내 말이 / 잊었노라'처럼 한 행을 세 번 끊어 읽게 됩니다. 모든 행이 동일하게 세 번 끊어 읽게 되어 있어요. 일정한 호흡으로 끊어 읽다 보면 자연스럽게 운율을 느낄 수 있답니다.

굼벙이 매암이 되야

작자 미상

굼벙이 매암이 되야 나래 도쳐 나라올라
높으나 높은 남게 소릐는 죠커니와
그 우희 거믜줄 이시니 그를 조심하여라.

핵심 키워드
#고전 시 #생각 #경계

시 이해하기

굼벵이가 매미가 되어 날개가 생겼습니다. 그래서 그 날개로 높은 나무에 올라갔지요. 나무에 올라 기분이 좋은 매미는 신나게 소리를 내고 있나 봅니다. 그런데 그 나무 위에는 거미가 줄을 치고 있으니 조심하라고 하네요. 지금 당장 눈앞에 보이는 즐거운 일에만 빠져서 주변에 위험이 도사리고 있다는 것을 모르면 안 되겠죠?

긔여

정윤천

서울 사투리에 찌든 서울 여자가
전라도에 있는 어물전 앞에 납시었다
조구에게 대고 평소의 서울 말투로 물었다
아줌마, 이거 조기 맞지요
어물전 아짐이 싱겁다는 표정으로 건성 대꾸했다
긔여

아니잖아요 조기잖아요
긔당께
아이참, 조기 맞는데
긍께, 긔여

서울 여자가 안달이 나서
지나가는 행인을 붙들고 물었다
아저씨 이거 조기 맞지요
긔구만

긔여.

시 이해하기

사투리는 어느 한 지방에서만 쓰는 말이지요. 서울에서 보면 전라도 말이 사투리지만, 전라도에서 보면 서울말이 사투리입니다. 이 시의 제목이기도 한 '긔여'는 전라도 방언으로 '그렇다, 맞다'라는 긍정적인 의미가 담겨 있습니다. 그런데 서울 여자는 '긔여'를 '이 물고기의 이름이 긔이다'라는 뜻으로 이해한 거죠. 아무리 봐도 조기인데, 자꾸 '긔'라고 하니 답답해하고 있어요.

자신과 다른 지역에 살고 있는 사람들과 대화할 때에는 그 지역의 사투리를 이해하려는 노력이 필요하답니다.

까마귀 검다 하고

이직

까마귀 검다 하고 백로야 웃지 마라

겉이 검은들 속조차 검을쏘냐

겉 희고 속 검은 것은 너뿐인가 하노라

핵심 키워드
#시대 #까마귀 #백로 #이직

시 이해하기

까마귀가 백로에게 말을 건네고 있습니다. 검다고 비웃지 말라고요. 겉이 까맣다고 해서 속도 까만 것은 아니라고 말입니다. 까마귀는 오히려 백로에게 '너는 겉은 하얗지만 속이 시커멓잖아'라고 말하고 있어요.

이직(1362 ~ 1431)은 고려 말 조선 초의 문신으로 이성계를 도와 조선 개국에 공헌했고, 세종 때 영의정, 좌의정을 지냈습니다. '까마귀'는 자신과 같이 조선 개구에 참여한 사람들을, '백로'는 고려 유신(遺臣)들을 이미합니다. 고려 왕조를 버리고 조선을 선택할 때, 고려 왕조를 끝까지 지지한 사람들에게 비난을 받을 수밖에 없었겠죠. 이 시조는 자신과 같은 사람들의 처지를 합리화하고 정당화하려는 의도로 지어졌다고 볼 수 있습니다.

까마귀 싸우는 골에

영천 이씨

까마귀 싸우는 골에 백로야 가지 마라

성난 까마귀 흰빛을 시샘할세라

청강에 기껏 씻은 몸을 더럽힐까 하노라

#시대 #까마귀 #백로 #어머니

시 이해하기

앞의 시와 마찬가지로 까마귀가 백로에게 말을 건네고 있습니다. 그런데 이번에는 백로 편이네요. 까마귀가 백로를 시샘해서 깨끗한 백로가 더러워질까 걱정된다는 내용이지요. '까마귀'와 '백로'가 의미하는 대상도 같아요. 이 시조는 고려 유신 중에서도 대표적인 인물인 정몽주(1337~1392)의 어머니가 지었어요. 정몽주는 고려 말기의 문신이자 학자였지요. 고려 말, 조선 초는 한 나라가 망하고 한 나라가 세워지던 상황이다 보니 매우 혼란스러웠을 겁니다. 이 어지러운 시기에 아들에게 처신을 잘할 것을 당부하는 내용인 거죠.

단어

청강: 맑은 물.

돌과의 대화

비스와바 심보르스카

나, 돌의 문을 두드린다.
– 나야, 들여보내 줘.
네 속으로 들어가서
주위를 빙 둘러보고
숨처럼 너를 깊게 들이마시고 싶어.

돌이 말한다.
– 저리 가, 난 아주 견고하게 닫혀 있어.
내 비록 산산조각 나더라도
변함없이 굳게 문을 잠글 거야.
부서져 모래가 된들
아무도 들여보내지 않을 거야.

나, 돌의 문을 두드린다.
– 나야, 좀 들여보내 줘.
난 그저 순수한 호기심으로 널 찾아왔어.
호기심에게 인생이란 절호의 기회잖아.

난 너의 궁전을 거닐고 싶어.

그런 뒤에 나뭇잎과 물방울을 차례로 방문할 거야.

모든 걸 다 체험하기엔 시간이 너무 촉박해.

내가 언젠가는 죽는다는 사실이 분명 네 마음을 움직일 거야.

돌이 대답한다.

– 나는 돌로 만들어졌어.

그러니까 철저하게 엄숙함을 지켜야 해.

어서 썩 물러나.

내게는 웃음의 근육이란 없어.

나, 돌의 문을 두드린다.

– 나야, 들여보내 줘.

네 속에 커다란 빈방이 있단 얘길 들었어.

이제껏 아무도 본 적 없는, 허허롭고 아름다운

그 누구의 발자취도 없는, 고요한 방

사실은 너도 그 방에 대해 별로 아는 것이 없지?

이제 그만 인정하지 그래?

돌이 응수한다.

– 커다랗고 텅 빈 방이지.

그러나 그 안엔 빈자리가 없어.

어쩜 아름다울 수도 있지만
네 보잘것없는 미감을 초월한 곳이야.
나에 대해 어깨너머로 대강은 알 수 있겠지만
내 전부를 속속들이 이해할 수는 없을 거야.
나의 외면은 너를 향하는 듯해도
나의 내면은 네게서 온전히 돌아서 있는 걸.

나, 돌의 문을 두드린다.
- 나야, 들여보내 줘.
네게서 영원한 안식처를 찾는 건 아니야.
나는 불행한 사람도 아니고
집 없는 떠돌이도 아니야.
내가 사는 세상은 충분히 돌아갈 만한 가치가 있어.
빈손으로 들어갔다 빈손으로 나올게.
내가 진짜 갔다 왔다는 유일한 증거는
어느 누구도 믿지 못할
고작 몇 마디의 말뿐일 텐데

돌이 대꾸한다.
- 들어오지 마.
네게는 함께하겠다는 자각이 전혀 없잖아.
그 어떤 감각도 동참의 자각을 대신할 순 없는 법.

폭넓은 식견을 자랑하는 예리한 관찰력도
함께하고픈 마음이 부족하면 아무런 쓸모도 없잖아.
들어오지 마, 내겐 그저 자각에 대한 느낌만 있을 뿐.
감각의 싹과 상상력만 있을 뿐.

나, 돌의 문을 두드린다.
— 나야, 제발 들여보내 줘.
네 지붕 밑으로 들어가기 위해
이천 세기씩이나 기다릴 순 없잖아.

돌이 응답한다.
— 만일 나를 믿지 못한다면
나뭇잎에게 물어보렴. 나와 똑같이 말할 테니까.
물방울에게 물어보렴. 나뭇잎과 똑같이 말할 테니까.
마지막으로 네 머리에서 솟아난 머리카락에게 물어봐.
갑자기 웃음이 터져 나온다. 박장대소.
비록 나는 웃는 법을 제대로 모르지만.

나, 돌의 문을 두드린다.
— 나야, 들여보내 줘.

돌이 말한다— 내겐 문이 없어

핵심 키워드
#대화 #관계 #소통 #노력

시 이해하기

비스와바 심보르스카(1923~2012)는 1996년 노벨 문학상을 받은 폴란드의 여성 시인입니다.

말이 통하지 않는 사람과 대화해 본 경험이 있나요? '내가 지금 벽을 앞에 두고 말하고 있는 건가?' 싶었을 때가 있었나요? '나'는 '돌'에게 들여보내 달라고 했지만, '돌'은 자기한테는 문이 없다고 말했어요. 대화는 관계의 시작입니다. 대화를 거부한다는 것은 관계를 맺지 않겠다는 것과 같은 말이지요.

이 시에서 '돌'은 '나는 웃음의 근육이 없어', '내겐 문이 없어', '들어오지 마'라고 이야기합니다. 소통에 실패하고, 관계가 단절된 개개인의 모습을 이야기하고 있는 것이죠. 하지만 '나'는 끝없이 들여보내 달라고 말하고 있어요. 소통에 실패했지만, 그 노력을 멈추지 않았다는 점에서 의미가 있네요.

진달래꽃

김소월

나 보기가 역겨워

가실 때에는

말없이 고이 보내 드리우리다.

영변에 약산

진달래꽃

아름 따다 가실 길에 뿌리우리다.

가시는 걸음걸음

놓인 그 꽃을

사뿐히 즈려밟고 가시옵소서.

나 보기가 역겨워

가실 때에는

죽어도 아니 눈물 흘리우리다.

시 이해하기

김소월 시인의 가장 유명한 작품입니다. 대중가요의 가사로 쓰이기도 했어요. 김소월의 시는 정형성을 지닌 운율감이 특징입니다. 정형(定型)이 뭐냐고요? 글자 그대로 형식이 정해져 있다는 뜻입니다. 한번 살펴볼까요? 이 시는 총 네 개의 연으로 이루어져 있습니다. 각 연의 1~2행과 3연을 각각 세 번씩 끊어 읽게 되죠. '나 보기가 / 역겨워 / 가실 때에는', '말없이 / 고이 보내 / 드리우리다.' 이렇게 일정한 운율감이 반복되고 있습니다.

내용은 너무 슬퍼요. 내가 사랑하는 사람이 나를 떠나게 되는 상황을 가정하고 있습니다. 그런데 나를 떠나는 이유가 '나 보기가 역겨워'서래요. 참 슬프죠? 그런데 나는 말없이 곱게(고이) 보내 준대요. 심지어 가는 길에 꽃도 뿌려 준다고 합니다. 어떻게 그럴 수 있죠? 내가 뿌린 꽃을 밟고 가라고까지 말합니다. 그러면서도 끝까지 울지 않겠다고 했어요. 애이불비(哀而不悲)예요. 애이불비란 슬프지만 겉으로는 슬픔을 나타내지 아니한다는 뜻입니다. 참 절절한 사랑이 아닐 수 없네요.

단어

영변: 평안북도 영변군에 있는 면.

약산: 평안북도 영변 서쪽에 있는 산으로, 경치가 좋기로 이름난 약산동대가 있고, 예부터 진달래로 유명하다.

즈려밟고: '지르밟고'의 잘못인데, 위에서 내리눌러 밟는다는 뜻이다.

무지개

최명란

진이가 전학을 간다
눈물이 글썽글썽
진이의 눈 속에
무지개가 떴다

핵심 키워드
#전학 #무지개 #친구

시 이해하기

최명란 시인의 동시입니다. 동시는 어린이를 위한 시이죠. 어렵지 않습니다. 한번 읽어 볼까요? 전학을 가게 된 진이라는 아이가 있어요. 친구들과 헤어지는 일이 속상한 진이가 울고 있어요. 눈물이 글썽글썽한 진이의 모습을 '눈 속에 무지개가 떴다'고 표현했지요.

전학을 가 본 경험이 있거나, 친했던 친구가 전학을 간 경험이 있다면 그 날을 함께 떠올려 보면 좋을 것 같습니다.

저녁에

김광섭

저렇게 많은 중에서
별 하나가 나를 내려다본다
이렇게 많은 사람 중에서
그 별 하나를 쳐다본다

밤이 깊을수록
별은 밝음 속에 사라지고
나는 어둠 속에 사라진다

이렇게 정다운
너 하나 나 하나는
어디서 무엇이 되어
다시 만나랴

시 이해하기

한 작품은 다른 예술 장르의 출발점이 되는 경우가 많이 있습니다. 소설을 바탕으로 영화를 만들기도 하고, 시를 소설로, 웹툰을 드라마로 만들기도 하지요.

김광섭(1905~1977) 시인의 시 〈저녁에〉를 읽고 감동받은 화가 친구가 있습니다. 바로 김환기(1913~1974) 화백입니다. 김환기 화백은 한국, 파리, 뉴욕 등지에서 활약했던 한국 모더니즘 미술의 1세대 화가이죠. 그는 이 시의 마지막 구절을 그림으로 표현해서 〈어디서 무엇이 되어 다시 만나랴〉라는 작품을 탄생시켰습니다. 실제로 이 그림은 매우 커서(세로 236㎝, 가로 172㎝), 작품 앞에 서면 마치 밤하늘을 마주하고 있는 느낌을 받기도 합니다.

세상에는 정말 많은 사람들이 살고 있죠. 그 가운데 우리가 누군가를 만나는 일은 그만큼 귀하고 소중한 경험이에요. 그리고 언젠가는 헤어지는 일도 있을 겁니다. 다시 만날 수도, 못 만날 수도 있겠죠. 인연은 그렇게 소중하기도 하고 또 덧없는 것이기도 한 모양입니다. 여러분도 각자의 별 하나를 찾아 보세요.

110

메아리

최승호

망치처럼 나무를 두드리던
딱따구리야 어딨니이
따구리야 어딨니이
구리야 어딨니이
리야 어딨니이
야 어딨니이
어딨니이
딨니이
니이
이

핵심 키워드
#청각의 시각화 #메아리

시 이해하기

최승호(1954~) 시인은 시인이자, 수필가, 아동 문학가, 교육자이기도 합니다. 초등학교 선생님으로 근무한 적도 있어요. 사회 비판적인 시를 쓰기도 했고, 어린이들을 위한 동시를 쓰기도 하였습니다. 이 시는 시인의 《말놀이 동요집》에 실려 있는 작품이에요.

'청각의 시각화'라는 말, 배운 기억이 나나요? 원래 소리는 우리 눈에 보이지 않죠. 보이지 않는 소리를 마치 보이는 대상인 것처럼 표현하는 것이 바로 청각의 시각화예요. 이 시는 메아리의 소리를 글자 배열로 시각화하였습니다.

산에서 메아리 소리를 들어 본 경험이 있나요? "딱따구리야 어디 있니?"라고 소리치면 산 저편에서 내 목소리를 닮은 소리를 되돌려 줍니다. 그런데 이 소리의 크기는 점점 줄어들어요. 바로 그것을 글자 수를 줄여 나가는 방식으로 보여 주고 있습니다.

훈민가(訓民歌)

정철

아바님 날 낳으시고 어마님 날 기르시니
두 분 곳 아니면 이 몸이 살아시랴
하날 같은 은덕을 어디다혀 갚사올고

님금과 백성과 사이 하늘과 따히로되
내의 설은 일을 다 알오려 하시거든
우린들 살진 미나리를 혼자 어찌 먹으리

형아 아우야 네 살을 만져 보와
뉘손대 타나관대 양재조차 같으슨다
한 젖 먹고 길러나이셔 닷마음을 먹디 마라

어버이 살아신 제 섬길 일란 다하여라
지나간 후면 애닯아 엇지하리
평생에 고쳐 못할 일이 이뿐인가 하노라

한 몸 둘에 난화 부부를 삼기실샤
이신 제 함께 늙고 죽으면 한 데 간다

어디서 망녕읫 것이 눈 흘기려 하나뇨

간나희 가는 길흘 사나희 에도듯이
사나희 녜는 길흘 계집이 치도듯이
제 남진 제 계집 하니어든 일홈 묻디 마오려

네 아들 효경(孝經) 읽더니 어도록 배홧느니
내 아들 소학은 모래면 마츨로다
어느 제 이 두 글 배화 어질거든 보려뇨

마을 사람들아 옳은 일 하자스라
사람이 되어나서 옳지옷 못하면
마소를 갓 곳갈 싀워 밥 먹이나 다르랴.

팔목 쥐시거든 두 손으로 받치리라
나갈 데 겨시거든 막대 들고 좇으리라
향음주(鄕飮酒) 다 파한 후에 뫼셔 가려 하노라

남으로 삼긴 중에 벗같이 유신(有信)하랴
내의 왼일을 다 닐오려 하노매라
이 몸이 벗님곳 아니면 사람됨이 쉬울가

어와 저 조카야 밥 없이 어찌 할고
어와 저 아자바 옷 없이 어찌 할고
머흔 일 다 닐러사라 돌보고져 하노라

네 집 상사들흔 어드록 찰호슨다
네 딸 서방은 언제나 마치느슨다
내게도 없다커니와 돌보고져 하노라

오늘도 다 새거다 호미 메고 가쟈스라
내 논 다 매여든 네 논 졈 매여 주마
올 길에 뽕 따다가 누에 먹여 보자스라

비록 못 입어도 남의 옷을 앗디 마라
비록 못 먹어도 남의 밥을 비지 마라
한적곳 때 실은 휘면 고쳐 씻기 어려우니

상륙(象陸) 장긔 하지 마라 송사 글월 하지 마라
집 배야 무슴 하며 남의 원수 될 줄 어찌
나라히 법을 세우샤 죄 있는 줄 모르난다

이고 진 저 늙은이 짐 풀어 나를 주오
나는 저멋거니 돌이라 무거울가

늙기도 설웨라커든 짐을조차 지실가

시 이해하기

정철(1536~1593)은 조선 중기의 문신이자 문학가입니다. 대한민국 수험생들의 원성을 사고 있는 고전 시가 작가이기도 하지요. 〈사미인곡〉, 〈속미인곡〉, 〈관동별곡〉 등의 가사(歌辭)를 썼기 때문이에요.

〈관동별곡〉은 관동 지방 즉 지금의 강원도 지방의 관찰사로 임명을 받고 부임지로 가는 길을 노래한 가사예요. 그리고 〈훈민가〉는 강원도 관찰사로 재지할 당시에, 백성들을 교화하기 위해 지은 16수의 연시조입니다.

훈민(訓民)이라는 단어는 '백성을 가르친다'는 뜻이죠. 뭘 가르치냐고요? 유교 윤리나 바람직한 생활 태도를 가르칩니다.

단어

제1수

어디다혀: 어디다가.

제2수

내의 설은 일을 다 알오려 하시거든: 나의 서러운 일을 다 알려고 하시거든(임금이).

제3수

뉘손대: 누구한테서.

타나관대: 태어났기에.

양재조차: 생김새조차.

닷마음: 다른 마음.

난화: 나누어.

삼기실샤: 생기게 하셔서.

이신 제: 살아 있을 때.

망녕욋 것: 망령된 것(자기 부인을 가리킨 듯).

간나희: 계집아이.

사나희: 사나이.

에도듯이: 에워(둘러) 돌아가듯이.

녜는: 다니는.

치도듯이: 비껴 돌듯이.

남진: 남편.

마오려: 마십시오.

효경: 공자가 증자에게 효도에 관해 말한 책.

어도록: 얼마큼.

모래면: 모레면.

마츨로다: 마칠 것이로다.

어느 제: 언제.

어질거든: 지혜롭게 되는 것을.

하자스라: 하자꾸나.

옳지옷: '옷'은 강조사.

갓 곳갈: 갓과 고깔.

밥 먹이나: 밥 먹이기와.

향음주: 마을 유생들이 모여 향약을 읽고 술을 마시며 잔치하는 예식.

삼긴 중에: 태어난 사람 중에.

내의: 나의.

왼일: 그른 일.

닐오려: 말하려.

벗님곳: '곳'은 강조사.

아자바: 아재비(아저씨).

머흔: 힘한, 궂은.

닐러사라: 말하려무나.

상사: 장례.

어드록: 얼마큼.

찰호슨다: 차리는가.

마치느슨다: 얻게 하느냐.

없다커니와: 없지마는.

새거다: 새었다.

매여든: 매거든.

졈: 좀.

제14수

앗디: 빼앗지.

비지: 구걸하지.

한적곳 때 실은 휘면: 한 번만 때가 묻은 후면.

제15수

상륙: 도박의 일종.

송사 글월: 고소문.

배야: 망치어.

제16수

이고 진: 머리에 이고 등에 진.

저멋거니: 젊었으니.

설웨라커든: 서럽다고 하겠거늘.

짐을조차: 짐조차.

벌레 먹은 나뭇잎

이생진

나뭇잎이 벌레 먹어서 예쁘다

귀족의 손처럼 상처 하나 없이

매끈한 것은

어쩐지 베풀 줄 모르는

손 같아서 밉다

떡갈나무잎에 벌레 구멍이 뚫려서

그 구멍으로 하늘이 보이는 것은 예쁘다

상처가 나서 예쁘다는 것은

잘못인 줄 안다

그러나 남을 먹어 가며

살았다는 흔적은

별처럼 아름답다.

핵심 키워드
#나뭇잎 #벌레 #흔적 #생각 #역설 #관계

시 이해하기

'나뭇잎이 벌레 먹어서 예쁘다'는 문장을 읽고 어떤 느낌을 받았나요? '나뭇잎이 벌레 먹었다'와 '예쁘다'는 의미상 곧장 연결되기 어려워 보입니다. 하지만 시를 끝까지 읽어 보면 벌레 먹은 나뭇잎이 예쁜 이유를 짐작할 수 있어요. 이처럼 역설은 표면상으로는 말이 안 되는, 즉 자기모순적이고 부조리한 것처럼 보이지만, 해석의 과정을 거쳤을 때 그 의미가 올바르게 전달될 수 있는 진술을 말합니다.

상처 하나 없이 말끔한 나뭇잎은 베풀 줄 모르는 손 같아서 밉다고 했어요. 시인이 벌레 먹은 나뭇잎이 예쁘다고 한 이유를 살펴보면, 그 구멍 사이로 하늘이 보이기 때문이기도 하고, 그 구멍이 벌레를 먹여 가며 살았다는 흔적이기 때문이기도 하다는 거지요.

자기 것만 쏙쏙 잘 챙기는 친구는 어쩐지 얄미워요. 매점에서 사 온 빵을 친구랑 나눠 먹으면 더 맛있죠. 다리를 다친 친구의 가방을 들어 주며 집에 가는 길은 힘들기는 해도, 재미있는 추억이 됩니다. 우리도 벌레 먹은 나뭇잎처럼, 나누고 베푸는 사람이 될 수 있을까요?

모진 소리

황인숙

모진 소리를 들으면
내 입에서 나온 소리가 아니더라도
내 귀를 겨냥한 소리가 아니더라도
모진 소리를 들으면
가슴이 쩌엉한다
온몸이 쿡쿡 아파 온다
누군가의 온몸을
가슴속부터 쩡 금 가게 했을
모진 소리

나와 헤어져
덜컹거리는 지하철에서
고개를 수그리고
내 모진 소리를 자꾸 생각했을
내 모진 소리에 무수히 정 맞았을
누군가를 생각하면
모진 소리,
늑골에 정을 친다

쩌어엉 세상에 금이 간다.

시 이해하기

친구와 다투었을 때나 엄마에게 짜증 냈던 경험을 떠올려 볼까요? 홧김에
나쁜 말들을 내뱉었지만, 돌아서서 못내 마음이 불편하고, 안절부절못했
던 것 같지 않나요?

모진 소리는 듣는 사람뿐 아니라, 하는 사람도 아프게 합니다. 우리가 서
로 모진 말만 주고받는다면 세상은 자꾸자꾸 금이 갈 거예요. 사이버 공간
속 댓글 때문에 상처 받는 사람들도 많이 있죠. 친구에게, 가족들에게, 보
이지 않는 낯선 사람들에게까지 다정하게 말하는 연습을 하기로 해요. 그
러면 우리가 살아가는 세상이 좀 더 친절해질 것 같습니다.

단어

정: 돌을 쪼아서 다듬는, 쇠로 만든 연장.

4장
세상이 다르게 보여요

생각과 시선을 다르게 하고
관계를 변화시킨다면,
당연히 세상이 달라지겠지요.
조금 더 행복하고 웃을 수 있는 세상을
마주하길 응원합니다.

겨울 바다

김남조

겨울 바다에 가 보았지
미지(未知)의 새
보고 싶던 새들은 죽고 없었네.

그대 생각을 했건만도
매운 해풍(海風)에
그 진실마저 눈물져 얼어 버리고

허무(虛無)의
불
물이랑 위에 불붙어 있었네.

나를 가르치는 건
언제나
시간…….
끄덕이며 끄덕이며 겨울 바다에 섰었네.

남은 날은
적지만

기도를 끝낸 다음
더욱 뜨거운 기도의 문이 열리는
그런 영혼(靈魂)을 갖게 하소서.

남은 날은
적지만…….

겨울 바다에 가 보았지
인고(忍苦)의 물이
수심(水深) 속에 기둥을 이루고 있었네.

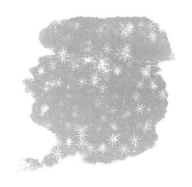

핵심 키워드
#겨울 바다 #불 #물 #극복

시 이해하기

김남조(1927~) 시인은 인간성과 생명력, 기독교적 인간애와 윤리 의식을 주제로 한 시를 많이 쓴 여성 시인입니다.

1연의 겨울 바다는 보고 싶던 새들도 없고, 진실마저 얼어 버린 상태로 허무합니다. 그 허무의 불이 물이랑 위에 불붙어 있었어요. 그런데 오랜 시간이 흐르고 기도를 끝낸 다음에 찾은 겨울 바다에는 인고의 물이 수심 속에서 기둥을 이루고 있습니다. 이 시는 물과 불의 원형적 상징을 바탕으로 하고 있어요. 그 내용은 다음과 같습니다.

물 : 수평적, 하강, 모성, 죽음, 생성, 생명, 정화와 재생, 순환, 시간의 흐름.
불 : 수직적, 상승의 에너지, 사랑, 육체의 파괴와 소멸, 죽음, 정화와 재생.

허무의 '불'이 소멸하고 인고의 '물'을 통해 기둥을 이룬다는 것은 정화와 재생을 의미한다고 볼 수 있죠. 허무함이라는 고통이 나를 가르치는 시간을 통해, 또 기도를 통해, 그리고 인고를 통해 극복되는 모습을 이야기하고 있습니다.

단어

물이랑: 배 따위가 지나는 길에 물결이 양쪽으로 갈라지면서 줄줄이 일어나는 물결.
인고: 괴로움을 참음.

귀뚜라미

나희덕

높은 가지를 흔드는 매미 소리에 묻혀
내 울음 아직은 노래 아니다.

차가운 바닥 위에 토하는 울음,
풀잎 없고 이슬 한 방울 내리지 않는
지하도 콘크리트 벽 좁은 틈에서
숨 막힐 듯, 그러나 나 여기 살아 있다
귀뚜르르 뚜르르 보내는 타전 소리가
누구의 마음 하나 울릴 수 있을까.

지금은 매미 떼가 하늘을 찌르는 시절
그 소리 걷히고 맑은 가을이
어린 풀숲 위에 내려와 뒤척이기도 하고
계단을 타고 이 땅 밑까지 내려오는 날
발길에 눌려 우는 내 울음도
누군가의 가슴에 실려 가는 노래일 수 있을까.

핵심 키워드
#귀뚜라미 #매미 #꿈 #희망

시 이해하기

나희덕(1966~) 시인은 작은 생명도 소중히 여기는, 생명의 가치와 희망을 노래한 작가입니다.

'여름' 하면 떠오르는 곤충의 울음소리는 뭘까요? 맞아요. '매미'입니다. 그러면 '가을'에는요? 바로 귀뚜라미입니다. 이 시의 시적 화자는 귀뚜라미예요. 한여름 매미 소리는 정말 크게 들리죠. 그 큰 매미 소리에 묻혀서 콘크리트 벽 좁은 틈에서 귀뚜라미가 내는 소리는 들리지 않습니다. 귀뚜라미는 매미 소리가 걷히는 가을이 오면 자신의 울음소리도 누군가의 가슴에 남는 노래로 남았으면 하고 바라고 있습니다.

자기의 꿈을 이루기 위해 노력하는 사람들의 모습이 떠오르지 않나요? 아이돌 연습생들도 그렇죠. 연습실에서 힘들게 매일매일 연습하면서 데뷔를 꿈꾸잖아요. 누구든 소망을 가지고 노력하는 모습은 아름답습니다.

단어

타전: 전보나 무전을 침.

배꼽을 위한 연가(1)
김승희

그대여, 당신이 누구든지 간에, 당신의 배꼽을 보여 준다면, 나 그대를 사랑하겠습니다. 더럽게 뒤엉긴 자그만 동그람이 굽이굽이 꼬불쳐진 그대의 서러운 배꼽도 나의 배꼽과 똑같이 부끄러운 죄와 어리석은 욕망이 고불고불 서리서리 끼어 있을 테지요. 그대여, 어둠의 태 속에서 영문 모르고 튀어나와 정처 없이 죄를 짓고 죽어가는 그대여, 그대여.

우리는 배꼽 위에서 평등하다
그것은 생일날의 흉터,
고아들의 패찰,
인광을 칠한 백골의 주황색 입술이
아삭아삭 제일 먼저 뜯어먹는
온순한 육체의 이삭,
우리는 배꼽 위에서 너무나 평등하다

그대여, 당신이 누구든지 간에, 당신의 배꼽을 버리지만 않았다며는, 나 그대를 열렬히 용서하겠습니다. 봄이 되어 메마른 나뭇가지에서 새싹이 트는 것을 바라보거나 푸드득- 새들이 날아오르는 것을 볼 때마다 나는 습진처럼 나의 배꼽이 가려워지는 것을 느낍니다, 이제 배꼽은 과거 완료가 아니라 언제나 현재 진행형으로 나의 삶 속에 움터 오르고, 어머니– 아, 어머니–라고 불러 보면 바닷가를 울면서 걸어가는 한 여인이 떠오릅니다, 그녀의 슬픔 그녀의 사랑 그녀의 절망을 따라 나의 배꼽은 또 하염없이 시원의 태 속으로 적셔 들어가고, 어머니– 자비와 저주의 비밀 구좌이신 어머니– 나의 어머니시여……

#배꼽 #탯줄 #어머니 #생명 #사랑 #연작시

시 이해하기

김승희 시인의 〈배꼽을 위한 연가(1)〉은 연작시입니다. '연가(戀歌)'의 사전적 의미는 '사랑하는 사람을 그리워하면서 부르는 노래'입니다. 그런데 '배꼽'을 위한 연가라니요. 배꼽은 엄마와 아기를 연결해 주었던 탯줄이 끊어진 자리에 남은 흔적이지요. 배꼽이 없는 사람은 아무도 없어요. 이런 배꼽을 사랑하는 노래라니. 아마도 시인은 모든 생명을, 모든 존재를 사랑하는 마음을 표현하고 싶었던 것 같습니다.

우리는 배꼽 위에서 너무나 평등합니다. 앞에서 말한 것처럼 배꼽이 없는 사람은 아무도 없거든요. 태어났기 때문에 가지고 있는 '생일날의 흉터'입니다. 고아들에게도 이 세상과의 연결 고리가 되어 주죠.

배꼽은 과거 완료가 아니라 현재 진행형입니다. 태어났다고 끝난 게 아니에요. 살아가야 합니다. 그것은 어쩔 수 없이 어머니를 떠올리게 합니다. 어머니는 곧 시원(始原: 사물, 현상 따위가 시작되는 처음)의 태(胎) 속과 연결되기 때문이죠. '배꼽을 가진 그대'는 우리 모두입니다. 우리는 "어둠의 태 속에서 영문 모르고 튀어나와 정처 없이 죄를 짓고 죽어 가"고 있지만, 이것은 또 새로운 생명의 근원과 맞닿아 있다고 할 수 있습니다.

배꼽을 위한 연가(2)

김승희

어머니가 말이 없으면
나는 무서워집니다
어머니는 우울한 것 같습니다
무섭게 불행한 것 같습니다

말이 없는 어머니보다는
잔소리를 하는 어머니가 더 좋습니다
싫은 소리를 하더라도
몇 마디 말을 하는 어머니가
덜 우울한 것 같아서
어머니— 하고 치마폭을 붙잡고
달려가 어리광을 부리고 싶어집니다

그러나 제일 좋은 것은
등꽃 나무 아래 평상을 내놓고 앉아
어머니가 완두콩을 까면서
느릿느릿 노래를 부르실 때입니다
어머니의 노랫소리는

뉘엿뉘엿 지나가는 해를 붙잡아
우리 집 꽃밭에 옥잠화처럼 앉혀 놓는 것 같습니다
그런 때는 어머니가 행복하신 것이라고
나는 생각했습니다

어머니의 손을 잡고
서커스단 구경을 갔습니다
공중 곡예를 하는 어린 소녀가 줄을 놓고
잠시 허공에 떠 있다가
가벼이 그네를 박차며, 마치 전류처럼,
소년의 손을 붙잡을 때
어머니는 아편을 마신 듯이 황홀하신 것 같았습니다
어머니의 검은 눈동자 속엔 신비한
스파크가 떨며 지나갔습니다

이제 어머니는 말하지 않습니다
잔소리도 하지 않고
푸른 완두콩도 까지 않습니다

나는 어머니의 막혀 버린 노래가
어느 날, 지진처럼, 발광하지 않을까—
겁이 납니다

어머니의 얼굴은 점점 슬픔의 얼굴처럼
굳어 갑니다

시 이해하기

'배꼽을 위한 연가' 시리즈는 '어머니에 대한 이야기' 연작이기도 합니다. 나의 배꼽과 연결되어 있는 존재인 '어머니'가 시적 대상으로 모든 연작에 등장하고 있어요.

'말소리'는 어머니의 상태 변화와 관련이 깊습니다. 즉 소리가 있을 때, 노래를 부를 때의 어머니는 긍정적인 상황을, 소리가 없는(말이 없는) 상태는 부정적인 상황을 의미한다고 볼 수 있습니다. 따라서 이러한 어머니의 상태 변화에 따라 '나'는 무서워지기도 하고, 어리광을 부리고 싶어지기도 하지요. 노래를 부르는 어머니를 가장 좋아하는 나는, 이제 말하지 않는 어머니를 보고 겁이 난다고 했어요. 이 시에서 '어머니'와 '나'는 정서적으로 아주 단단히 연결되어 있다고 볼 수 있겠네요.

배꼽을 위한 연가(3)

김승희

괴질 같은 꿈이 피에서 피로 전해집니다

천하만큼 큰 꿈의 욕망들을

태에서 배꼽으로 흘려 넣어 준

어머니— 어머니가

어젯밤 헛간에서 힘센 소의 항문에 손을 넣어

황금의 간을 맛있게 꺼내 먹었습니다

자꾸만 가산은 기울어 갑니다

부스럼꽃 같은 홍진이

얼굴에서 얼굴로 번져 갑니다

칡넝쿨만큼 질긴 피의 사슬에 매달려

지칠 줄도 모르고

우리는 싸웁니다

싸우고 있는 동안 병은 더욱 악화되어

아, 차마, 우리의 얼굴은

옴 탈을 쓴 것 같습니다

우리는 똑같이 두건을 두르고
형리(刑吏)가 부르기를 기다리고 있습니다
감옥소의 칸살이 너무나 큽니다
누가 퉁소를 불고 있을까—
어머니의 눈이 어둠을 더듬습니다
백치처럼 깨끗한 순결의 눈동자엔
호수인 줄 잘못 알고 내린 남십자성이
그득합니다

어머니는 치마폭에서 하염없이 많은
별빛을 꺼내
화농 흐르는 나의 이마에
한사코 왕관처럼 달아 줍니다—

핵심 키워드
#어머니 #희망

시 이해하기

괴질(怪疾), 홍진(紅疹), 옴. 무서운 단어들이 등장하네요. 자꾸만 가산이 기울어 가고, 지칠 줄도 모르고 싸우고 있기 때문이에요. 정확한 원인이 드러나지는 않았지만, 힘들고 어려운 상황이라는 것은 알 수 있습니다. 이렇게 힘든 상황 속에서 '어머니'는 나의 유일한 희망인 것 같습니다. 어머니의 눈에는 남십자성이 그득하기 때문이죠. 어머니는 그 별빛을 꺼내서 나의 이마에 달아 주고 계십니다.

단어

괴질: 원인을 알 수 없는 이상한 병.

홍진: 홍역 바이러스가 비밀 감염에 의하여 일으키는 급성 전염병.

옴: 옴진드기가 기생하여 일으키는 전염 피부병.

칸살: 일정한 간격으로 어떤 건물이나 물건에 사이를 갈라서 나누는 살.

남십자성: 남십자자리에 있는, 십자형을 이루는 네 개의 별.

화농: 외상을 입은 피부나 각종 장기에 고름이 생기는 일.

배꼽을 위한 연가(4)

김승희

불도 없이 추운 부엌입니다
한 접시 어머니의 살을 놓고
둘러앉았습니다

원컨대 이것이 같이 나누는
최후의 만찬이게 하옵시고
앞으로는 다만 멀리서
사랑하게 하옵소서—

이것이 우리의 주기도문입니다
가까이에서 미워하기에도
우리는 너무 지쳐서
이젠, 좀 멀리서, 속죄처럼
사랑이라는 것을 해 보고 싶습니다

내 피를 뽑아 만든 독배를 한 잔씩
들이키고
이제 그만 자리를 뜹니다

나는 어머니의 꿈 많은 날개뼈를 골라 와

입술에 대고 불어 봅니다

최면과도 같이 느슨한 음악이

마디마디 속에

우화등선(羽化登仙)처럼 맴돕니다

밤새워 피리를 불어 봅니다

피리 소리는 짓무른 나의 배꼽에

육모초 같은 금가루를 자꾸만

뿌려 줍니다

끝나지 않는 그녀의 사랑이

무자비처럼 자꾸만

나의 목에 감겨 옵니다

시 이해하기

가족이 버거워진다는 것이 어떤 느낌인지 혹시 아나요? 힘들 때 힘이 되어 주고, 늘 나의 든든한 버팀목이 되어 줄 것만 같은 나의 가족. 하지만 이 가족이라는 존재가 때로는 나에게 부담이 되기도 하고 고통을 주기도 합니다.

'어머니의 살로 다 같이 나누는 최후의 만찬'이라니요. 가족을 위해 한평생 희생한 어머니의 삶을 생각하면 이해할 수 있을 겁니다. 그런데 그런 어머니의 희생은 나에게 감사한 일임에 틀림없지만, 때로는 부채 의식(다른 사람에게 빚을 지고 있다는 생각)에 시달리게 만들기도 합니다. 그래서 '내 피를 뽑아 만든 독배'로 그 빚을 갚고 싶습니다. 멀리 떨어져서 속죄처럼 사랑하는 관계가 되고 싶은 거죠. 하지만 어머니의 사랑은 그럴 수 없습니다. 끝없는 그녀의 사랑은 오히려 나의 목을 감아, 벗어날 수 없는 괴로움을 느끼게 합니다.

단어

들이키고: '들이켜다'의 잘못.

우화등선: 사람의 몸에 날개가 돋아 하늘로 올라가 신선이 됨.

육모초: 익모초. 꿀풀과의 두해살이풀로, 잎은 마주나고 잎자루가 길다.

배꼽을 위한 연가(5)

김승희

인당수에 빠질 수는 없습니다
어머니,
저는 살아서 시를 짓겠습니다

공양미 삼백 석을 구하지 못하여
당신이 평생을 어둡더라도
결코 인당수에 빠지지는 않겠습니다
어머니,
저는 여기 남아 책을 보겠습니다

나비여,
나비여,
애벌레가 나비로 나르기 위하여
누에고치를 버리는 것이
죄입니까?
하나의 알이 새가 되기 위하여
껍질을 부시는 것이
죄일까요?

그 대신 점자 책을 사 드리겠습니다
어머니,
점자 읽는 법도 가르쳐 드리지요

우리 삶은 모두 이와 같습니다
우리들 각자가 배우지 않으면 안 되는
외국어와 같은 것—
어디에도 인당수는 없습니다
어머니,
우리는 스스로 눈을 떠야 합니다

핵심 키워드
#눈 #어머니 #삶 #나비 #인당수

시 이해하기

장님인 아버지의 눈을 뜨게 하려고, 공양미 삼백 석에 팔려 인당수에 빠진 효녀 심청의 이야기를 모티프로 하고 있습니다. 이 시는 '심청'의 입으로 말하고 있는데, 여기서 눈이 먼 사람은 아버지가 아니라 '어머니'입니다. 이 시 속의 심청은 어머니를 위해 인당수에 빠지는 대신, 점자 책을 사 드리고, 점자 읽는 법을 알려 드리겠다고 했어요. 그리고 마지막 연에서 우리의 삶이 이와 같다고 말하고 있습니다.

그래요. 인당수에 빠지는 것은 심청을 위해서도, 어머니를 위해서도 옳은 선택이 아닙니다. 심청에게는 심청의 삶이 있고, 어머니에게는 어머니의 삶이 있습니다. 각자의 삶을 위해 각자의 방법으로 잘 살아 내는 게 중요해요. 우리는 자신의 삶을 공부해야 하지요. 나비로 날기 위해, 새가 되기 위해 노력해야 합니다. 그게 바로 배꼽을 가진 존재로서 자신의 삶을 사랑하는 방법이지요.

배꼽을 위한 연가(6)

김승희

어머니는 뒤주 속에 숨어 계십니다
어머니는 옛날에
선녀였습니다
선녀의 날개옷을 짓기 위하여
어머니는 남몰래
황금의 쐐기풀을 훔치러 다녔습니다

아무도 오지 않는 시각이 오면
어머니는 마루에 나와 앉습니다
승희야— 이 무늬가 좋겠니,
아니면 어떤 것이?— 하고
무섭도록 상냥하게 물어 오실 때에
나는 문득 어머니의 뜨개바늘 위에서
무섭도록 불행한 한 생애의 사랑이
숨죽여 통곡하고 있는 것을
본 느낌이 들었습니다

한 벌의 천벌 같은 목숨을 풀어야만
날개옷을 지을 수 있는 사람들—
여인들— 어머니—

뜨개바늘이 움직일 때마다
풀려 나가는 실타래가
꼭 나의 배꼽인 것만 같아
어머니— 부르며
나는 어머니의 손목에서 뜨개질감을
빼앗아 버립니다
뒤주의 문을 걸어 버립니다

나의 어머니는 옛날에
선녀였습니다
그리고 이 간막극 같은 아수라의
윤회가 끝나고 나면
어머니, 나의 어머니는 반드시
천상에 계(界)하실 것입니다

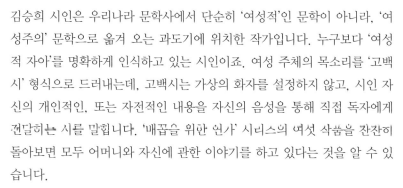

핵심 키워드
#여성적 자아 #고백시 #어머니 #날개옷

시 이해하기

김승희 시인은 우리나라 문학사에서 단순히 '여성적'인 문학이 아니라, '여성주의' 문학으로 옮겨 오는 과도기에 위치한 작가입니다. 누구보다 '여성적 자아'를 명확하게 인식하고 있는 시인이죠. 여성 주체의 목소리를 '고백시' 형식으로 드러내는데, 고백시는 가상의 화자를 설정하지 않고, 시인 자신의 개인적인, 또는 자전적인 내용을 자신의 음성을 통해 직접 독자에게 전달하는 시를 말합니다. '배꼽을 위한 연가' 시리즈의 여섯 작품을 찬찬히 돌아보면 모두 어머니와 자신에 관한 이야기를 하고 있다는 것을 알 수 있습니다.

마지막 여섯 번째 작품입니다. 다섯 번째 작품이 '심청'을 모티프로 했다면, 여섯 번째 작품은 '나무꾼과 선녀' 이야기를 모티프로 하고 있네요. '여성'으로서 힘들게 살아온 나의 어머니. 선녀였던 어머니가 다시 하늘로 돌아가기 위해서는 날개옷이 필요하죠. 그 날개옷을 짜기 위해서는 황금의 쐐기풀이 필요해요. 쐐기풀은 가시가 아주 많은 식물이에요. 따라서 쐐기풀로 옷을 짜는 일은 많은 고통이 따를 수밖에 없겠죠. 그 고통을 "천벌 같은 목숨을 풀어야만" 지을 수 있다고 표현했어요. 그런데 날개옷이 완성되면 선녀는 하늘로 떠나게 되죠. 그래서 어머니의 뜨개바늘이 움직일 때마다 완성되어 가는 날개옷을 보며 나는 불안해지고, 결국은 어머니의 뜨개질감을 빼앗아 버리기도 합니다. 엄마와 딸의 관계가 그런 것 같아요. 딸들은 어머니의 인생이 고통이라는 것을 아주 잘 알아서, '가족을 위한 희생'이라는 구속에서 벗어나길 바라면서도 또 한편으로는 나를 위해 희생해 주기를 바라기도 하죠. 그래도 이 시의 마지막은 마음이 놓입니다. 어머니는 반드시 하늘로 돌아갈 것이라고 했으니까요.

어머니가 나에게 가르쳐 주신 말

김승희

인연은 재앙이니라—

내가 너무 배가 고파

어두움 속에

달덩이같이 삭발한 그리움을

하나 걸어 두었더니

꿈인 듯 생시인 듯

이상한 향기 나는 백마(白馬)가 날아와

내가 하늘을 타고 갔느니라—

오색구름 속에 황금 궤가 홀연히

걸려 있는데

너무 곱고 너무 신령하여

내가 그만 외상으로 너희들을

사 오고 말았더니라—

인연은 재앙이니라—

뭉게뭉게 퍼져 가는 암세포처럼

시시각각 외상값은 계속 불어나

강아지같이 불쌍한 내 새끼들아,

너희가 갚아야 하느니라,
맷돌을 목에 걸고 여기저기 쏘다니다
광견병 든 개처럼 맞아서 죽더라도
잔인한 것은 내가 아니다
흡혈귀는―나는―아니다

고문처럼 질긴
철천지의 사랑―
이 무슨 원한의 달콤한
피 냄새―나는―
아니다―내 착한 새끼들아
사랑은 우환이니라―
인연은 후환이니라―

핵심 키워드
#태몽 #자식 #어머니 #사랑

시 이해하기

첫 번째 연에서는 태몽을 묘사하고 있어요. 오색구름 속에 황금 궤가 있었는데 그것이 너무 고와 외상으로 가져왔다고 합니다. 외상으로 가져온 것은 '너희들', 즉 자식들이죠. 시시각각 외상값이 불어난다고 한 것을 보면, 아이들이 생긴 뒤에도 가정의 경제적 상황은 더욱 나빠진 것 같아요. 그리고 그 외상값을 너희가 갚아야 한다고 말하고 있어요. 그래서 어머니께서 나에게 가르쳐 주신 말이 '인연은 재앙이다, 사랑은 우환이다, 인연은 후환이다'입니다.

단어

궤: 물건을 넣도록 나무로 네모나게 만든 그릇.

우환: 집안에 복잡한 일이나 환자가 생겨서 나는 걱정이나 근심.

후환: 어떤 일로 말미암아 뒷날 생기는 걱정과 근심.

샤갈의 마을에 내리는 눈
김춘수

샤갈의 마을에는 삼월에 눈이 온다.
봄을 바라고 섰는 사나이의 관자놀이에
새로 돋는 정맥이
바르르 떤다.
바르르 떠는 사나이의 관자놀이에
새로 돋은 정맥을 어루만지며
눈은 수천수만의 날개를 달고
하늘에서 내려와 샤갈의 마을의
지붕과 굴뚝을 덮는다.
삼월에 눈이 오면
샤갈의 마을의 쥐똥만 한 겨울 열매들은
다시 올리브빛으로 물이 들고
밤에 아낙들은
그해의 제일 아름다운 불을
아궁이에 지핀다.

시 이해하기

앞서 살펴본 김광섭의 〈저녁에〉라는 시는 그림의 모티프가 되었죠. 이번에 만나 볼 시는 그와 반대로 그림을 보고, 거기에서 받은 느낌을 시로 표현한 작품입니다.

마르크 샤갈(1887~1985)은 러시아 출신의 프랑스 표현주의 화가입니다. 〈나와 마을(I and the Village)〉(1911)이라는 그림은 샤갈의 대표적인 작품 중 하나인데요, 그림 제목만 보면 마을의 모습을 그린 풍경화일 것 같지만 실제로는 붉은색과 흰색, 초록색, 파란색이 선명하게 두드러지는 추상적인 그림입니다.

시 속에는 눈, 정맥, 열매, 불 등의 단어가 등장합니다. 이것들의 색깔을 떠올려 볼까요? 흰색, 파란색, 올리브색, 빨간색. 그렇습니다. 이 시는 색채, 즉 시각적 심상이 주를 이루는 작품이에요. '이 시의 내용이 뭐지?', '주제가 뭐지?' 하고 고민할 필요 없답니다. 떠오르는 시각적 이미지를 이용해서 머릿속에 자유롭게 마을의 모습을 상상해 보세요. 그거면 됩니다.

156

길

김소월

어제도 하룻밤
나그네 집에
까마귀 까악까악 울며 새었소.

오늘은
또 몇십 리
어디로 갈까.

산으로 올라갈까
들로 갈까
오라는 곳이 없어 나는 못 가오.

말 마소 내 집도
정주 곽산
차 가고 배 가는 곳이라오.

여보소 공중에
저 기러기

공중엔 길 있어서 잘 가는가?

여보소 공중에
저 기러기
열십자 복판에 내가 섰소.

갈래갈래 갈린 길
길이라도
내게 바이 갈 길은 하나 없소.

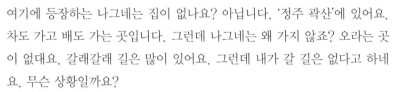

핵심 키워드
#나그네 #고향 #시대 #길

시 이해하기

여기에 등장하는 나그네는 집이 없나요? 아닙니다. '정주 곽산'에 있어요. 차도 가고 배도 가는 곳입니다. 그런데 나그네는 왜 가지 않죠? 오라는 곳이 없대요. 갈래갈래 길은 많이 있어요. 그런데 내가 갈 길은 없다고 하네요. 무슨 상황일까요?

김소월은 1920년대에 활동한 시인입니다. 1920년대는 어떤 시대인가요? 그렇습니다. 일제 강점기(1910 · 1945)죠. 우리 역사 중 가장 아픈 시기이죠. 일본의 지배 아래에 있던 조선은 어땠을까요? 어딜 가도 고향이 아니에요. 그러니 오라는 곳도 없고, 주소가 있어도 갈 수 없습니다. 앞으로 어디로 가야 할지도 모르겠지요. 그런 시대적 상황을 고려한다면 나그네의 방황이 더욱 가슴 아프게 느껴집니다.

작품 출처와
수록 교과서 목록

작품명	작품 출처	수록 교과서
성탄제	김종길 《솔개》_시인생각	천재교육(노)
두꺼비 파리를 물고	작자 미상 《한국 고전 시가선》	비상, 미래엔
고향	백석 《나와 나타샤와 흰 당나귀》_다산북스	천재교육(노)
고향	박용철 《떠나가는 배》_미래사	
산유화	김소월 《진달래꽃》	
어떤 귀로	박재삼 《박재삼 시선》_지만지	
엄마 걱정	기형도 《입 속의 검은 잎》_문학과지성사	천재교육(박) 천재교육(노)
별 헤는 밤	윤동주 《정본 윤동주 전집》_문학과지성사	천재교육(노)
설야	김광균 《와사등》_소명출판	
시 창작 시간	조향미 《그 나무가 나에게 팔을 벌렸다》_실천문학	금성출판사
별	정진규 《별들의 바탕은 어둠이 마땅하다》_문학세계사	동아출판
북어	배우식 《그의 몸에 환하게 불을 켜고 싶다》_고요아침	금성출판사
새로운 길	윤동주 《정본 윤동주 전집》_문학과지성사	금성출판사
사랑	안도현 《그리운 여우》_창작과비평사	금성출판사
자동문 앞에서	유하 《무림일기》_문학과지성사	금성출판사
방을 얻다	나희덕 《사라진 손바닥》_문학과지성사	금성출판사

바람이 좋은 저녁	곽재구 《현장 비평가가 뽑은 올해의 좋은 시 99》_현대문학	교학사
박각시 오는 저녁	백석 《정본 백석 시집》_문학동네	동아출판
민지의 꽃	정희성 《시를 찾아서》_창작과비평사	비상
미니 시리즈	오은 《호텔 타셀의 돼지들》_민음사	지학사
아름다운 사람	나태주 《꽃을 보듯 너를 본다》_지혜	창비
마음의 고향 4-가지 않은 길	이시영 《무늬》_문학과지성사	창비
비린내라뇨!	함민복 《바닷물 에고, 짜다》_비룡소	천재교육(노)
낙화	이형기 《낙화》_시인생각	천재교육(노)
딸기	이재무 《e》_지식을만드는지식	천재교육(박)
수박끼리	이응인 《솔직히 나는 흔들리고 있다》_나라말	
코뿔소	최승호 《말놀이 동시집2》_비룡소	천재교육(박)
새싹 하나가 나기까지는	경종호 《천재 시인의 한글 연구》_문학동네	천재교육(박)
물, 수, 제, 비	정완영 《사비약 사비약 사비약눈》_문학동네	금성출판사
감장새 작다 하고	이택 《고시조 대전》_고려대학교민족문화연구원	금성출판사
나룻배와 행인	한용운 《님의 침묵》_범우사	천재교육(박)
먼 후일	김소월 《진달래꽃》	비상, 교학사, 천재교육(박),천재교육(노)
굼벙이 매암이 되야	《한국의 옛 시》_가람기획	교학사
긔여	정윤천 《시와 정신(겨울호)》_시와정신사	교학사

까마귀 검다 하고	이직 《정본 시조 대전》_ 일조각	동아출판. 지학사
까마귀 싸우는 골에	영천 이씨 《정본 시조 대전》_ 일조각	동아출판, 지학사
돌과의 대화	비스와바 심보르스카 《끝과 시작》_문학과지성사	동아출판
진달래꽃	김소월 《진달래꽃》	교학사, 동아출판, 지학사
무지개	최명란 《수박씨》_창작과비평사	미래엔
저녁에	김광섭 《이산 김광섭 시 전집》_문학과지성사	미래엔
메아리	최승호 《말놀이 동시집 4》_비룡소	창비
훈민가	정철 《한국의 옛 시조》_범우사	천재교육(노)
벌레 먹은 나뭇잎	이생진 《기다림》_지식을만드는지식	천재교육(노)
모진 소리	황인숙 《자명한 산책》_문학과지성사	천재교육(박)
겨울 바다	김남조 《김남조 시 전집》_국학자료원	
귀뚜라미	나희덕 《그 말이 잎을 물들였다》_창작과비평사	미래엔
배꼽을 위한 연가(1)~(6)	김승희 《왼손을 위한 협주곡》_민음사	금성출판사
어머니가 나에게 가르쳐 주신 말	김승희 《왼손을 위한 협주곡》_민음사	
샤갈의 마을에 내리는 눈	김춘수 《김춘수 시 전집》_현대문학	미래엔
길	김소월 《진달래꽃》	

※ 천재교육(노): 노미숙, 천재교육(박): 박영목